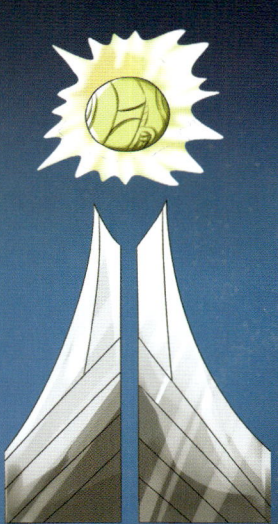

图书在版编目(CIP)数据

地外诱惑/陈奇著. —福州:海峡文艺出版社,
2015.12(2019.1重印)
ISBN 978-7-5550-0687-9

Ⅰ.①地… Ⅱ.①陈… Ⅲ.①科学幻想小说
—中国—当代 Ⅳ.①I247.5

中国版本图书馆CIP数据核字(2015)第307020号

地外诱惑

陈 奇 著	
责任编辑	何 欣
助理编辑	蓝铃松
出版发行	海峡文艺出版社
经 销	福建新华发行(集团)有限责任公司
社 址	福州市东水路76号14层　　邮编　350001
发行部	0591—87536797
印 刷	福州德安彩色印刷有限公司　　邮编　350008
厂 址	福州市金山工业区浦上标准厂房B区42幢
开 本	787毫米×1092毫米 1/16
字 数	100千字
印 张	11　　　　　　　　　插页　4
版 次	2015年12月第1版
印 次	2019年1月第3次印刷
书 号	ISBN 978-7-5550-0687-9
定 价	26.80元

如发现印装质量问题,请寄承印厂调换

目录

第一章　飞　鱼 / 001

第二章　栖　龙 / 031

第三章　紫　龙 / 076

第四章　浮　岛 / 137

第一章 飞鱼

面对液晶显示屏，羿星几乎不敢相信自己的眼睛了。就在几秒钟前，随着手指头在 Enter 键上的一摁，他潜心研创的网络独门利器"波击弹"呼啸而出，父亲固若金汤的"密室"的最后一道防盗门轰然崩塌。其实，此前他几乎不敢奢望自己真能攻破一百〇八重防盗网，要知道，他父亲可是举世公认的科学界巨擘啊！看着屏幕上尖锐呼叫纷纷飞溅的"墙体"的碎片，不知为什么，羿星瞬间竟然没了那种急切踏进"密室"的冲动——虽然为了这一刻的到来，他几乎把暑期的一半时间都泡了进去。此刻，他只是感觉很久以来在心中越积越多的一种说不出的气体，骤然得到了释放。他坐在那里，静静地、静静地让汹涌而来的快感把自己深深淹没……

不过，这种状态只维持了不到一分钟，羿星就如梦初醒了。他知道，如果没有及时收获战利品，"密室"强大的修复系统很可能会在瞬间让攻击者所有的心血付诸东流。然而，尽管羿星很快便意识到这一点，"密室"修复加固的速度还是让他惊叹不已。因为他才刚"盗"得开启"飞鱼号"太空船的电子钥匙，整个"密室"就已被修复得滴水不漏了。

地外诱惑

"可惜,可惜!"羿星连声叹息并下意识地在地板上狠踩两脚,可心里却自我膨胀得要爆炸:一是终于用战绩验证了自己驰骋网络世界的天分,二是获得了梦寐以求的开启"飞鱼号"太空船的电子钥匙。

羿星的父亲羿日是国家科学院顶级院士、空间学泰斗。"飞鱼号"太空船是国家给他配备的。对科学家来说,国家给自己配备太空船,不仅使自己拥有不受任何约束、随时能进入太空进行科研活动的条件和权利,而且也是一种至高无上的荣誉。因为,只有顶级空间科学家国家才会为其配备专用太空船,而且,"飞鱼号"无论性能还是装备,在这个星球上都是首屈一指的。除空间学界泰斗羿日外,全国没有第二个人获此殊荣。

尽管父亲拥有专用太空船,并经常驾驶着它遨游于漠漠广宇,但羿星从没乘坐过"飞鱼号",仅仅到停泊在飞船母港上的"飞鱼号"里参观了一次。那是他获得全国少年网络大赛第一名时父亲给他的最高奖赏。让他记忆犹新的是,当时父亲兴致勃勃地向他详细介绍了"飞鱼号"上的各种设备和功能。

毋庸置疑,外空间是羿星最神往的地方。羿星常常幻想着能驾驶太空船到广袤的天宇里遨游探险。但对这样的事,一个十六岁的中学生在幻想之外还能有什么作为?!

一个瑰丽而迷离的梦而已!

于是他常常扇动想象的翅膀在幻想的星空里恣意飞翔,追寻他的梦……

此刻，虽然身在电脑前，但羿星的心已在外层空间里飞翔了……

书房门突然的声响将神游于幻想世界中的羿星拉回到现实。他回头望去，是父亲回来了。

"又在上网？"院士问，脸上却没有往日说这话时的不满和威严。

羿星没有回答父亲的问话，而是将网络迅速切换到与网友交流界面后，转身像是突然发现了什么似的问："咦，你今天怎么没有开飘飞车回来？"

"有啊。"院士笑着说。

"有？"羿星疑惑地起身来到窗前，伸长脖子向院子里望去。七月的阳光下，那辆造型、颜色宛若大瓢虫的飘飞车就像一只真正的大瓢虫静静地栖息在绿意酽酽的草坪上。

往常飘飞车回来时，都会有引擎的轰鸣声啊，今天怎么会没有呢？奇怪！羿星在心里嘀咕着。

"看到'大瓢虫'了吧？"院士的笑容像窗外的阳光一样热烈。

"你今天好像挺高兴，是不是有什么喜事？"羿星觉得父亲跟往日有些不一样。在羿星的记忆中，恐怕很难找出一个比"不苟言笑"更贴切的词汇来形容这个一脸深沉的大科学家。

"好小子，有洞察力。"院士称呼儿子时最喜欢用"好小子"这个词。

父亲的夸奖让羿星有些不适应，因为父亲平时极少夸奖

第一章 飞鱼

地外诱惑

他。羿星又坐回到电脑椅上,说:"这么说,我猜对了?"

父亲正要说什么,家里可视电话的铃声响了。他拿起听筒,视屏上立刻出现了对方的形象——一个优雅秀美的女人。羿星知道,她是父亲的朋友,空间电视台的记者雪浅,经常采访父亲。

"院士,干吗捉弄我?"雪浅的口吻像是在责怪,可脸上的表情却像是在撒娇。

羿星已经多次看见这个女记者以这样的神态跟自己的父亲说话了。这让羿星多少有些反感,他想不明白一个三十好几的女人为什么还会以这样的神态跟男人说话。不过,总的来说,羿星对这个女人并不厌恶。

"谁捉弄你了?"父亲笑着反问。

"你呀,你不是说十一点左右你的飘飞车会从我家窗前飘飞过去吗?怎么言而无信?"

"谁言而无信了?"父亲十分肯定地说,"我以人格保证,我的'大瓢虫'飘飞车刚才确实从你家窗前飞过,时间是十一时零十七秒。只是你看不见而已。"

"那一定是院士发明了隐形技术,是吗?"

"我可没这么说,但你有权这么猜想。"

"知道了,总之这是划时代的发明。请问,我可不可以采访你?"

"现在不行,还不到时候。"

"有这么神秘吗?"

"到时你就知道了。"

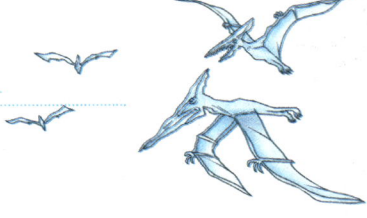

"那好吧,"雪浅嫣然一笑,关切地说,"你还没吃午餐吧,我不打搅了,再见!"

"再见!"

父亲放下电话对儿子说:"开饭了,出来吧。"说罢,径自出了羿星的书房。

羿星来到餐厅时,只见父亲正从"好厨师"牌一体化制餐机里取出一份份色香味俱全的菜肴,摆放在餐桌上。这种制餐机真好,只要把洗净的鱼、肉、蛋、菜等放进去,在控制面板上选择好所需菜肴的品种,用餐时,打开机门就可取食了。不过,成天吃这种机器制造的饭菜,羿星已觉得毫无新鲜感了。

羿星刚在餐桌前坐下,猛然看见桌面上摆放着两个高脚酒杯。他不解地抬眼看了看父亲——自打懂事起,他可从没有见过父亲喝酒啊。

院士不知从哪儿摸出一个大大的葫芦形的瓷容器。他揭开封盖,顿时,整个屋子飘荡着清醇的酒香。院士边往酒杯里倒酒边说:"来,今天咱俩好好喝一喝!"

"爸,您不是说过未成年人不能喝酒吗?"

"好小子,还记得这句话啊。"院士显然知道所言的来历。

羿星十二岁那年,有一次看见父亲把一瓶外包装十分漂亮的红葡萄酒放在玻璃橱里,觉得挺新鲜,便要父亲打开酒瓶倒一杯给他尝尝。父亲坚决不同意,说未成年人不能喝酒。第二天,那瓶酒就不知被父亲弄到什么地方去了。而打那以后,玻璃橱里再也没有出现任何酒类的身影。

第一章 飞鱼

地外诱惑

院士坐下来,拿起一个盛满红色液体的酒杯递给儿子:"今天你老爸高兴,允许你喝三杯。"

羿星没有伸手接酒杯,而是说:"这不行,高兴就让人喝三杯,不高兴一口也不让喝,没道理,没道理。"

不让喝他偏要喝,让喝却偏不喝,这孩子,自打上了中学,越来越逆反了。院士在心里暗叹。不过,虽然越来越逆反,但这丝毫不影响院士对儿子的喜爱,相反,他越来越喜欢自己的孩子。他觉得孩子越来越不顺从大人其实是一种成长的表现,是构建独立人格的必由之路,不值得大惊小怪。

要是以往,孩子说不喝就算了,决不勉强,但今天院士实在憋不住心中的喜悦。于是,他将手中的酒一饮而尽,咂咂嘴说:"十几年没沾过酒了,爽啊。"然后他看着儿子说:"今天你爸真的高兴呀,你就不能陪你爸喝点酒?"

"啥事这么高兴呀?"羿星问。

院士摆摆手:"孩子家别问这么多,你只管喝就是了。"虽然儿子已经是一个身高1.75米的青春气息扬溢的半大小伙子了,但院士总觉得他还是个小小孩。

"你不说,我一口也不喝,我不喝不明不白的酒。"羿星叉了一块牛排放进嘴里嚼起来。

院士一点儿也没生气,他知道,儿子倔起来八头牛也拉不回。他再给自己的酒杯满上,并再次一饮而尽,说:"我还是希望你陪我喝两杯。"

"只要告诉我什么事让你这么高兴我就喝。"羿星说。

院士摇摇头,又给自己倒了第三杯酒,并举到嘴边。羿

星一把拉住父亲的手说:"这可是第三杯了,你一口饭都还没吃呢。"

院士把儿子的手推回去,一仰脖,第三杯酒又下肚了。他用手擦擦嘴角,说:"连饮三杯,痛快!"不知是因酒精的作用还是心里的喜悦非得释放一下不可,院士豪气十足地说:"好,告诉你就告诉你。"

院士的声音突然低下来,缓缓地说:"我告诉你,这酒可是你母亲酿造的。当时酿了三坛,酿好后,喝掉了两坛,只剩这一坛,我一直没舍得喝掉。我曾经十分好酒,然而,有一回在做一项实验时,因酒醉误了一个重要数据的采集,导致实验失败。我深感喝酒误事,就立志戒酒。我半是认真半是开玩笑地对你母亲说,我戒酒了,但你酿的这坛好酒不能辜负,我得留着,等到自己这一生最重要的发明或发现成功之日,我才能把它拿出来庆贺成功。"

说到这,院士的情绪一下又高涨起来:"现在,我这一生最重要的发明成功了!哈哈,高兴啊!怎么样,你该为你父亲自豪吧,来,喝!"

"可你还没告诉我你成功发明了什么呢。"羿星说。

"别急。"院士起身打开随身携带的小密码箱,取出一个半个巴掌大的圆形而亮晶晶的东西来,在儿子眼前晃了晃说:"这就是我今生最重要的发明。"

"这是什么呀,隐身器?"羿星睁大了眼睛。

"不不不,虽然它客观上具备隐身功能。"院士说,"刚才你雪浅阿姨看不见我的飘飞车从她窗前飞过就跟它有关。"

第一章 飞鱼

007

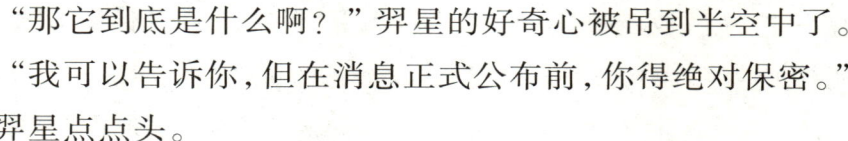

"那它到底是什么啊?"羿星的好奇心被吊到半空中了。

"我可以告诉你,但在消息正式公布前,你得绝对保密。"

羿星点点头。

院士说:"这叫空间变换器。"

"空间变换器?"

"对,"院士说,"你知道,我们肉眼看得见的是三维空间,这三维是长、宽、高。其实,在三维空间外,还有一个与这个空间相重叠的四维空间。经我多年的研究,已证实四维空间的真实存在。当然,在三维空间里的人看不见四维空间的东西。"

说到这,院士打开空间变换器的盖子。羿星发现,这个所谓的空间变换器其实非常简单,外表就像是一个太极阴阳鱼图,其一白一黑两个圆圆的阴阳鱼的眼睛显然是两个按钮。院士说,它底下有个吸盘,随便放在哪里,都会固定住。

"那它怎么用啊?"羿星简直跃跃欲试了。

"简单啦,比如把它固定在飘飞车的任何地方,你只要在这个白色的键钮上摁一下,很快,飘飞车就会脱离三维空间,进入四维空间了;你要是只想让自己进入四维空间,那只要让它吸附在手上,摁下键钮就行了。这个空间变换器的神奇之处,还在于四维空间里的人可以看得见三维空间的东西。"

"哦,怪不得今天你开飘飞车回来,我没听见任何声响,原来你是从四维空间出来的啊。"

"对了,所以我说它客观上有隐形功能嘛。"院士说,"怎

么样，说这是你老爸今生最重要的发明并不夸张吧？"

岂止是老爸今生最重要的发明，我敢肯定它是22世纪最伟大的创举！羿星几乎要脱口而出，可他控制住了自己。其实他心里非常敬佩自己的院士父亲，并以有这样的大科学家父亲为荣，但他总是不愿意把自己的敬佩表露出来。此刻，他明白父亲今天这么高兴实在一点也不过分。

羿星拿起酒杯跟父亲的酒杯碰了碰，脸上洋溢着青春的热烈，说："祝贺老爸！"随即"咕嘟"喝了一大口。

"爸，您刚才提到我妈了，您一定知道我妈在哪儿，告诉我好吗？"

希望知道母亲的下落一直是羿星的一个心结，而父亲对母亲的下落总是闪烁其词正是羿星"反叛"父亲的一个重要原因。从懂事起，羿星就只能在影集和父亲收藏的光盘里见到母亲。瓜子脸，丹凤眼，飘逸的秀发，冷艳的神情，高贵的气质——母亲美丽的容颜在羿星的记忆里植下很深的印象。

记得小时候，羿星看到别的小朋友都有自己的妈妈，而自己没有，就问父亲："我妈妈呢？"

对此，父亲总是回答说："出差了。"

后来，渐渐长大，羿星觉得不对劲，哪有出这么久的差的？他把这个疑问向父亲提出来。父亲却说："到外星球出差了，那地方距离地球一百多万光年呢，能这么快回来吗？"

"那人家的妈妈为什么没有到外星球出差呢？"

"你妈是空间科学家，别人不是，她们想去还去不了呢！"

这个答案让羿星很不满意。他隐约感觉父亲没有跟自己

说真话,甚至感到父亲有点冷酷。

后来,他也悄悄问了父亲的一些同事:"知道我妈在哪儿吗?"但他们的回答只有一个动作——摇头,同时,常常加上一句安慰的话:"孩子,你妈妈会回来的。你别急,如果有什么事,我们都会帮助你的。"这让羿星更是疑惑。

有一次,羿星干脆问父亲:"爸,我妈是不是已经死了,你怕我伤心才不愿告诉我?"

父亲却瞪着眼睛说:"谁说你妈已经死了?你别胡思乱想!"

羿星于是不敢再问下去了。

今天,羿星见父亲这么高兴,并且提到母亲酿的好酒时还那么动情,心想,说不定父亲会把母亲的秘密说出来呢。

院士说:"你一直想了解你母亲去了哪里,我的回答又不能令你满意,那好吧,你也不小了,也该对事情的真相有些了解了。其实,你母亲的事,我也曾认真反思过,还把记载着她一些事的日记片断进行了梳理,存在光盘里。我拿给你,你待会儿自己慢慢看吧,看完你就知道了。"

院士起身找光盘去了。不一会儿,他拿来一个指甲盖大小的微缩光盘,放在桌面上,带着酒气说:"现在先喝酒吃饭,待会儿再看,来,干!"

院士又"咕嘟"喝了一大口。

"嘀哩哩……"正在这时,书房里的电脑传来网友的呼叫信号。

羿星忙起身跑进书房——为了攻破父亲的"密室",他

已经近一个月没有跟网友联络了。

是"阳光旻魅"在呼叫！羿星瞄了一眼液晶显示屏就乐了："这小子！"

羿星看到显示屏上这样写着——

寻人启事

流星语，性别：估计不是女的；年龄：暂时不详；外貌：帅呆了；自诩驰骋网络无敌手，却突然泥牛入海无消息。有知其下落者请速与本人联系。没有酬金！

另，诗赠流星语：
近来沉没何处？让俺遍寻无路；
快快浮出水面，莫把青春耽误！

启事人：阳光旻魅

"阳光旻魅"机智风趣的《寻人启事》让羿星再次领略到这个网络朋友的灵气。

"流星语"是羿星在网络上的名字。"阳光旻魅"是羿星在网络上认识的一个"隐身"朋友。这个网友在网络上登记的资料非常简单："性别：随你猜；年龄：9～99；居住地：地域天堂。"其余项目均空缺。但羿星还是在网络交流中捕获一些阳光旻魅的个人信息，比如知道他（她）跟自己生活在同一个城市，也是一个不得不应付各种作业的中学生等等，只是始终不知道他（她）是男孩还是女孩。不过凭直觉，羿星觉得阳光旻魅一定是个灵气调皮的男孩子。不知为什么，

第一章 飞鱼

地外诱惑

羿星很喜欢这个网名叫"阳光旻魅"的网友。他觉得这人就跟他的网名一样，既阳光又有一种灵魅气息——天马行空的思维，不受拘束、反叛一切的气质，喜欢在幻想世界飞翔的情致……这些都让羿星感到这个网友很多地方跟自己十分相近。羿星喜欢跟他交流思想。

该怎么给阳光旻魅回复呢？羿星迅速转动脑筋。

"别再上网了，赶快出来吃饭吧！"院士的声音从餐厅传来。

虽然羿星曾获得全国网络大赛第一名的佳绩，但他父亲看见他上网就皱眉头，心情不好的时候还常常"啪"一下关掉他的电脑。这使羿星十分反感和痛苦，因为不少网友对他在交流中突然不辞而别非常不满，而他又不愿意把"家丑"抖搂在网络上。

要是能到一个不受大人管束而能够自由生活的地方就好了，他常常这么想。

父亲的叫声让羿星猛然想起了自己已获得"飞鱼号"电子钥匙。对，驾驶"飞鱼号"到太空、到外星球去，探索探险、旅行观光……想去哪儿就去哪儿，反正不受家长、老师管束就好，再说，父亲不是说母亲在外星球出差吗？在太空探险观光时没准还能找到母亲呢！

对，事不宜迟，一旦父亲发现"密室"被攻破，"飞鱼号"电子钥匙失窃，那一切就泡汤了！

刚好这时候阳光旻魅找上门来，一个人到太空也太孤单了，连个说话的都没有，纵有再好的景致、再快乐的心情也

没人分享，感觉必定大打折扣。干脆捎上阳光旻魅一同去得了，也不枉他对自己的那份惦记。好，先试探试探这小子有没有这个想法和胆量。

想到这，羿星动手在量子电脑上输入——

太空实在好玩，沉默为造飞船。
今日大功告成，可敢随我疯狂？！

阳光旻魅很快回复："本人想象力不够用了，请说清楚点！"

流星语："我弄到一艘太空飞船，本想做个孤胆勇士，独闯太空，现看在你为我的沉默而疯狂的分上，决定捎上你，敢去吗？"

阳光旻魅——

为啥天色这般黑？因为牛在天上飞。
为啥牛在天上飞？因为你在地上吹。

流星语——

欲上太空寻自由，何必对你乱吹牛；
机遇稍纵即流逝，你不敢去莫强求！

阳光旻魅："到太空旅行，我好喜欢，只是我还是不敢

第一章 飞鱼

相信这是真的。"

流星语："疑神疑鬼,这不是你的做派啊,要是害怕,直说不就得了。"

阳光旻魅："谁怕谁啊？"

流星语："那还犹豫什么？"

阳光旻魅："请原谅,网络不可靠的东西太多了,不过机不可失,时不再来,宁信其有,勿信其无。我相信你,说吧,怎么走？"

流星语："时间紧迫,立即出发,你马上收拾一下随身物品就出来,我在青春广场南面花坛边上等你。"

阳光旻魅："等等,你长什么样啊,我们可从未照过面。"

流星语："我长得什么样,到时就知道了。对了,我开一辆'大瓢虫'飘飞车,车牌号为0001。"

阳光旻魅："要是骗我我扁你！"

流星语："爱扁就扁！我走了。"

……

羿星迅速将一个巴掌大的量子电脑放进书包,边思忖如何闯过父亲这一关,边走出书房。他看见父亲居然已经歪在桌面上,显然,一坛好酒下肚,父亲喝醉了。

天助我也！羿星欣喜若狂。蓦地,他眼睛一亮,那个宝贝——空间变换器,父亲居然还没将它收进小密码箱,而是搁在餐桌上,旁边还有那片微缩光盘。羿星忙蹑手蹑脚走过去,轻轻将空间变换器和微缩光盘拿在手里,待离开餐厅后便小心地塞进书包里,悄悄出了房门,跑向大草坪上的"大

瓢虫"飘飞车……

很快,飘飞车便垂直升空,飞离院士的私家别墅……

飘飞车是22世纪中叶研制成功的一种先进的空地两用交通工具。顾名思义,它可以在空中飘飞,也可以在地面奔驰;外形一般呈圆形或椭圆形,乘员四至八人。它驾驶方便,而且有非常敏捷的规避系统,以避免空中撞车现象。由于造价昂贵,因此,在22世纪中叶,能够拥有一辆高档飘飞车是一件令人钦羡不已的事。羿星的父亲羿日院士是这种飘飞车的主要研创者,因此,国家奖励给他一辆高档"大瓢虫"飘飞车,并且给他一个特别的车牌号0001。

很快,羿星驾驶的"大瓢虫"飘飞车便在青春广场的南面花坛边停泊下来。青春广场坐落在城市新区,羿星在飘飞车里静静地等着阳光旻魅。他从清晰的车窗望出去——午后灿烂的阳光把广场的一切渲染得灿灿烂烂的,广场中央那组铜质的活力四射的少男少女雕塑呈现出迷人的色调,让人不由联想到青春年华的无限美好;广场周遭葱茏的大树摇落满地的绿荫,给过往的行人带来清凉的慰藉……

时间一秒一秒地过去……

"阳光旻魅怎么还不来?"羿星暗暗焦急起来。

正在这时,他突然望见对面有个人手里提着个大旅行包,正一步三颤地朝他的飘飞车走来。这是个年约四十的女人,体形臃肿滚圆,宛若一个大肉球,保守估计体重有半吨。

羿星不由紧张起来:我的妈啊,她要是阳光旻魅就惨了,只怕飘飞车不给压扁才怪,不仅如此,太空探险、异星观

第一章 飞鱼

015

地外诱惑

光……任何美好的想象都得给压扁。自己哪是找自由,是找累赘啊!羿星不敢想下去了,异常紧张地看着"肉球"一点一点滚过来、滚过来……脑子里飞快地构思着假如她真是阳光旻魅的应急措施。

"肉球"真的滚到羿星的飘飞车跟前,伸手"笃、笃"地在关紧的车窗上敲了两下。

羿星的手脚已经冰凉,心想完了,她必是阳光旻魅无疑了。他打开一扇车窗,无奈地摆出一副任凭发落的架势……

"我打车,走不走?""肉球"说。

羿星冰凉的手脚随着这句话一下回暖过来——原来她不是阳光旻魅啊!

"对不起,这不是出租车,喏,那有出租车。"羿星指了指停在不远处的出租车。

"我只想坐飘飞车,又快又舒适。""肉球"嘀咕一声。幸好她没有坚持要坐飘飞车,而是扭头慢慢"滚"走了。

"吓死了!"羿星长长舒出一口气。他干脆不再关上车窗,而是敏锐地观察起周围过往的人。

突然,一部红色的飘飞车在"大瓢虫"附近落下。车门打开,下来一个姿态娉婷的女人——是雪浅。

她来干什么?羿星心中忐忑起来。

雪浅微笑着款款走到"大瓢虫"前。

"阿姨你好!"羿星礼貌地向雪浅问好。

"小羿,你爸在车上吗?"雪浅的眼睛在车上找。

"没有,他在家休息。"

016

"那你在这里干什么？等女朋友？"雪浅开玩笑地说。

"等同学一起坐飘飞车兜风。你怎么知道我在这？"羿星反问道。

"我刚好路过，看见'大瓢虫'，以为你爸在车上哩，想乘机采访一下他。"

"哦。"羿星巴不得尽快结束话题，怕她又问起父亲的七长八短，破坏了整个太空探险计划，就默不作声了。

好在雪浅见院士不在，也不想多逗留，只交代了一句："开车要注意安全哦！"

"谢谢，我会注意的。"羿星向她笑了笑。

"再见！"雪浅向羿星做了个再见的手势。

"再见！"羿星也向她做了个再见的手势。

雪浅款款地走回她的飘飞车并飞走了。

羿星又开始望眼欲穿了……不久，不远处一个女生闯入了他的视野。

这女生十四五岁，身着运动式裙装，身材颀长，体态优美，亭亭玉立，一头披肩秀发在风中轻轻飘逸着，而秀美的脸庞洋溢着灵动的气质。在明亮的阳光下，这女孩简直就是一个美丽清纯的青春天使。她背上像是背着个琴袋，手里拎着个秀气的红色小旅行包。此刻，她正迈着富有弹性的脚步一步一步向羿星的飘飞车走来……

直到女生走到飘飞车跟前，羿星还在琢磨："她是阳光旻魅吗？"

女生找到车牌号看了看，然后走近羿星所在的驾驶室车

第一章 飞鱼

窗前,拭了拭脸上的汗水说:"请问,你叫什么名字?"

"你叫什么名字?"羿星反问道。

"是我先问你的。"女生竟伶牙俐齿。

"凭什么你先问我我就要先回答?"羿星也没退让。

"咦,你算什么男生,一点也没让着女生啊?"女生把无数女孩都用过的"撒手锏"使了出来。

果然,这一招真灵,羿星一下被打晕了——他最怕人家说他欺负女生。

"得了,服了你了,先说就先说,本人姓羿,单名为星。"

"羿星?不好意思,我找错人了。"女生一下红了脸。

羿星突然很失望,原来她不是阳光旻魅啊,又得耗在这苦等了。

女生刚要转身离开,突然想起了什么,问:"你网名叫什么?"

"流星语。"

"流星语,就是你呀,我是阳光旻魅。"女孩高兴地叫起来。

"阳光旻魅,是个女孩?"羿星一脸的意外神情。他想,自己的直觉太不可靠了。

"咦,你损我呀,难道本姑娘长得像男的?"阳光旻魅的柳叶眉竖了起来。

"Sorry,不是这个意思。"羿星不好意思地说,"我一直以为你是个男孩呢,看来我的直觉骗了我。"

"我也没想到你是个帅哥。"女生大方地说。

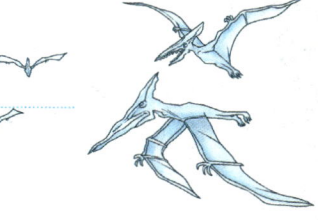

"我要是知道你是个女生，可不敢邀你到太空探险。"羿星不好意思地说。

"怎么，真有飞船到太空探险啊？"女生喜出望外。

"那还有假！"

"那飞船在哪儿？"

"在飞船母港，你要真敢去，就快点坐上来，我们赶快赶到飞船母港去，晚了就来不及了。"

"那你快打开车门啊。"

羿星赶忙打开车门。阳光旻魅正抬腿要进入飘飞车，冷不丁从车后钻出个胖乎乎的小男孩。他伸出胖乎乎的手臂一下拦住了阳光旻魅。

"好呀，想出走啊。"仿佛破获了重大案件，小男孩一脸的得意。

"木落，你怎么跟来了？"阳光旻魅对小男孩说。

"我看到你突然收拾物品，就觉得不对劲，原来你们想到太空去探险啊，好主意！"

"木落，你想怎么样？"阳光旻魅把小男孩的手臂拨开。

"没怎么样，我也想去太空探险。"

"别胡闹，快点回去吧。"

"我不回去。"男孩突然表情古怪地瞧瞧羿星，又瞧瞧阳光旻魅，"就你们俩一起去，不怕人家说闲话？"

羿星的心咯噔一下：刚才还真没想到这一点呢。

他对男孩说："喂，你是谁啊？"

男孩指指阳光旻魅，对羿星说："我叫木落，她是我姐姐，

第一章 飞鱼

地外诱惑

叫木梨艳。"

没等羿星说什么,男孩又紧接着说:"我今年十二岁,我姐姐今年十五岁,你呢,几岁?"

"你查户口啊?"羿星说。

"我猜你有十五岁,跟我姐一样。"木落十分肯定地说。

"精确度不够,把我说小了一岁。"羿星笑着点了一下木落圆圆的鼻头说。

"十六岁,那你是老大。"男孩说着又转向姐姐,"姐,你们就带我去吧,你们要不带我去,我可要哭啦!"木落以哭相威胁。

"我做不了主。"木梨艳望了望羿星。

"老大,那你就拿个主意吧!"木落眼巴巴地望着羿星。

羿星觉得这小男孩挺好玩,就故意想逗逗他。他装出一副很严肃的样子说:"不行啊,《太空法》有规定,为避免太空辐射对儿童身体发育造成不良影响,十二岁以下,包括十二岁的小孩不能上太空。"

"可我虚岁是十三岁,再说从体重、身高、智力来看,我都达到并超过十二岁的标准了。"男孩急切地为自己找理由。眼看羿星还没有明确表态,他竟然甩出重磅炸弹:"你们要是不带我去,我就告密,让你们都去不成。"

"哈,要挟我们呐?"羿星本想再逗逗他,一转念,时间紧迫,要是父亲酒醒过来,就麻烦了,就说:"好好好,带上你。"

木梨艳对羿星说:"喂,你同意他去,要是跑丢了,我

020

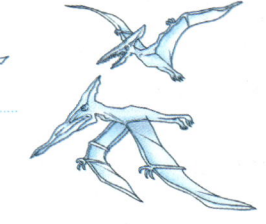

妈可会找你要人。"

羿星眨眨左眼:"要是跑丢了,我赔给你妈。"

木梨艳瞪了羿星一眼:"没有那么便宜的事。"

羿星说:"好好好,我负责看好他,快点上车吧。"

木梨艳和木落坐进了飘飞车。羿星正要关上车门,说时迟,那时快,突然从斜刺里飞跑过来一个身着学生装、短发、脸上嵌着一双水灵灵大眼睛的女生。她一下钻进了飘飞车里。

"快开快开,有人追我,追上就没命了。"大眼睛女生叫道。

羿星被搞得一头雾水:这女孩究竟发生了什么事?但时间紧迫,得了,先起飞了再问也不迟。

飘飞车"呼"一声垂直升空,向飞船母港方向飞去……

"已经离开市区了,"羿星回头对那个来路不明的大眼睛女生说,"我现在降落下去,你下车吧。"

"下车?下车我也没地方去啊。"那女生可怜兮兮地说。

"为什么?"羿星和木梨艳不约而同地问。

"从小,我婶婶就把我管得紧紧的,除了学校,啥地方都不让去。"女生音调低低地说,"今天上午,我见她上班去了,就悄悄和一个同学到社区的运动场打羽毛球。刚玩了一会儿,不知怎的,婶婶就知道了。她拿着一根大木棒,喏,足有这么粗,"女生比画了一下,"就追到运动场来了。我一见就没命地跑,幸好没被追上,要不,我就没命了。"

"她还使用暴力啊,要不是我们现在有事脱不开身,我

地外诱惑

非替你到青少年维权中心告她不可!"木梨艳气呼呼地说。

"那你父母呢?"羿星问。

女生眼圈一红,眼泪簌簌地从大眼睛里滑下来……

"在我很小的时候,他们就在一次飞机事故中遇难了。"女生伤心地嘤嘤哭出声来。缓了一会儿,她继续说:"我从小在叔叔家长大,叔叔是个海员,一年中有好几个月不在家。叔叔婶婶一直没有生孩子,可能是我婶婶一直没有生孩子而有点变态吧。总之,她从不让我擅自离开家里半步,平时,从学校回来,要是晚了,也都要盘问个底朝天;如果要出门,一定要有她在身边,绝不允许我单独行动的。有时,我实在憋不住,就偷偷跑出去玩一会儿,可要是被发现,总免不了一顿痛打的。"

"那你往后怎么办?"木梨艳同情地问。

"我也不知道。"女生湿润的大眼睛里贮满了迷茫。

这下粘在手上了!羿星心里暗暗叫苦。

"你们去哪儿啊?"大眼睛女生问。

"我们去太空探险……"拦都来不及,木落就脱口而出了。

木梨艳斜了弟弟一眼。木落吐了一下舌头,立即打住,不敢往下说了。

"去太空探险?太好了!"大眼睛女生突然一扫满脸阴霾,十分欢快地说,"我早梦想到太空旅行了,我能跟你们一起去吗?"

一时间,车上没有人答话。其实,木梨艳和羿星心里都

在翻腾着。

木梨艳想：她挺可怜的，撵她下去可不忍心。

羿星想：这女生来路不明，不过现在也没时间说服她下车了。

"老大，就让这个姐姐也去吧，多一个伙伴多一份快乐啊！"木落的口气成熟得居然像个哲学家。

羿星心里已经同意了，但想逗逗大眼睛女生，说："我们这个太空探险队需要人人都有专长，你擅长什么？"

"我会烧饭做菜，制作冷饮，还会修理各种电器，这算不算擅长做的事情？"大眼睛女生很配合、很认真、很激动地回答。

木梨艳"扑哧"笑了，对羿星说："你就别消遣人家了。"她又转向大眼睛女生："你就跟我们一起去吧。"

"谢谢，谢谢，谢谢！"大眼睛女生一迭声道谢并三两下拭干眼里的泪水。

"英明决定，"木落不知是吹捧姐姐还是羿星，回头又天真地对女生说，"你还没告诉我们你的名字和年龄呢。"

"不好意思，我都忘了介绍自己了，我叫水冰月，青春中学初三级，十五岁。"

"我姐也是十五岁，她是处女座，你呢？"木落问水冰月。

"我是射手座。"水冰月答。

"那你比我姐小。"

"注意，快要进入母港外防空域了。"羿星提醒大家。

车内顿时鸦雀无声。

第一章 飞鱼

地外诱惑

突然,车内通信设备的扬声器响起来:"飘飞车,我是飞船母港监控中心,你们已进入飞船母港外防空域,请速报今天的准入码!"

准入码?进入母港还要准入码?羿星晕菜了。

"请回答,请回答!"扬声器一声紧似一声地叫着。

羿星想了想说:"我是三星1号飘飞车,我忘了准入码,回答完毕。"

"你是三星1号,那羿日院士在车上吗?请他说话。"监控中心问。

父亲正醉得一塌糊涂呢,要说只能说酒话,羿星想。

"羿日院士不在车上就不能进入母港吗?"羿星问。

"对不起,这是规定。"

羿星想,管他的,赶快先飞进母港,只要能把"飞鱼号"开走,就什么规定都管不着我们了。

于是,他也不答话,而是加快速度朝母港飞去……

"流星语,敢情你的飞船还没经过人家许可啊?"木梨艳说。

"扯,要是经过同意,我们还会走得这样慌里慌张吗?"

"前面有飘飞车!"木落突然叫起来。

大家一看,前面空中出现了五辆涂着迷彩色的警用飘飞车,正向这边飞来……

"它们是不是来拦截我们啊?"水冰月紧张起来。

"可能。"羿星的心一下悬了起来。

很快,警用飘飞车便逼了过来,并在空中将"大瓢虫"

024

飘飞车团团包围住了。

"大瓢虫"垂直爬升，五辆警用飘飞车也垂直爬升；"大瓢虫"垂直降低，五辆警用飘飞车也垂直降低……

"他们是不是要抓我们呀？"木落声音有点颤抖了，"如果不让我们去，我们不去还不行吗？"

"想去的也是你，害怕的也是你，"木梨艳训道，"害怕你就下去，别添乱！"

扬声器又响起来："三星1号，请原地降落接受检查！"

看来太空之旅要泡汤了，木梨艳想。她瞥一眼身旁的羿星，却见他依然一副临危不乱的表情。

大瓢虫没有原地降落，而是在空中寻找突围机会……

"三星1号，再不降落，我们将采取强制措施了！"扬声器发出严厉的警告。

"他们会不会用导弹攻击我们啊？"木落忍不住又说话了，而且声音抖得厉害。

"应该不会吧，我们没有攻击他们啊。"木梨艳安慰道。

虽然飘飞车里有很好的空调设备，但这时羿星的汗却淌下来了。他心里正急切地找寻着突围的办法。

突然，他脑子里闪了一下——空间变换器！他心里倏地亮堂起来——刚才一紧张，竟把这个好宝贝给忘到脑后去了。

"快，帮我打开书包！"他对木梨艳说。

木梨艳不知道这时打开书包什么意思，但立即照办了。

"拿出那个亮晶晶的圆圆的东西！"羿星又说道。

木梨艳把空间变换器拿出来，递给羿星："给。"

第一章 飞鱼

羿星立即按父亲说的将它固定在飘飞车的控制台上，然后打开盖子，"啪"一声摁下了白色的键钮。

飘飞车猛然颠簸起来，像是喝醉了似的。车内所有乘员都突然有一种眩晕的感觉，还好，并不厉害，而且，很快就恢复正常了。

"看，外面有浪花！"木落叫起来。

大家不约而同地把目光投向了车窗外——果然，车窗外像是荡漾着蓝湛湛的海水，浪花一朵一朵轻轻地在窗边绽开来。而令他们感到惊奇的是，这些浪花居然都镶着颜色各异的边儿，有金黄色、碧绿色、粉红色、淡紫色、湛青色……还有许多无法形容的颜色，而且全都闪闪烁烁，无限迷人……

"好漂亮啊！"木落一阵尖叫。

这时，车内的人感觉飘飞车就像是在海面上破浪前进……

"流星语，我们是不是掉进海里了？"木梨艳的话音里透着疑惑和忧虑。

羿星已经被眼前的景象搞晕了，他怎么也没想到启动空间变换器后飘飞车会突然掉进海里。他竭力保持镇静地在控制台上操作着，但仪器全都失灵了。

"海里哪有这么漂亮、这么诡异的浪花啊？"一直默不作声的水冰月幽幽地说。

可不是嘛，再说，如果是在海里，没有防水设计的飘飞车哪能不进水啊！

众人正被来历不明的浪花弄得莫名其妙时，突然，海浪大起来了……大朵大朵色彩斑斓的浪花不断地扑向车窗，消

失，绽开；再消失，再绽开……

"我们的飘飞车会不会被打沉啊？"木落又一惊一乍起来。

没有人回答。所有人都已经不知所措了！大家目瞪口呆地看着车窗外越来越猛烈绽开的浪花……

突然，车窗外很亮很亮地闪了一下，所有的海水、浪花倏然间消失得无影无踪了……

他们发现，那五辆警用飘飞车还在空中呈包围阵势，但队形已凌乱。

羿星立即让飘飞车垂直降低一些。奇怪的是，五辆警用飘飞车并没有像刚才那样紧跟着垂直降低下来，它们似乎对"大瓢虫"的举动视而不见。于是，"大瓢虫"毫不费劲地从五辆警用飘飞车眼皮底下突围，向飞船母港方向飞去……

"刚才怎么回事啊？"木梨艳忍不住问。

"我们已经冲破三维空间，进入四维空间了！"羿星显得无比自信和轻松。

"四维空间？你说的可是许多科幻小说中提到的四维空间？"木梨艳满眼的惊奇。

"对！"羿星回答得很自豪。

"你怎么知道我们已经进入四维空间？"木梨艳不大相信。

"喏，是这个东西帮助我们进入四维空间的。"羿星笑着指了指控制台上的空间变换器。

木梨艳、水冰月、木落的脑袋一下都挤过来，并异口同声地问："这是什么啊？"

第一章 飞鱼

"空间变换器。"羿星很开心地答。

"哪来的啊?"众人又是异口同声。

"我爸那里……拿的。"羿星这话说得有点不顺畅。

"你爸是干什么的呀?"

"他喜欢研制点东西玩玩。"羿星含糊地答。

"你肯定我们已经进入四维空间了?"木梨艳还是有点不放心。

"当然,不信你就等着瞧吧。"

"什么三维空间、四维空间,搞不懂。"木落轻轻嘀咕道。

"很快就会懂了。"羿星对他笑了笑。

说话间,飘飞车已飞临母港上空……

"快看,那有好几艘太空飞船!"木落把脸贴在车窗玻璃上说。

这个飞船母港羿星并不陌生,因为他曾无数次随父亲进出过这里,只是,他发现今天母港似乎有些异常。因为他看见不但空中有好几辆警用飘飞车在警戒,而且地面上许多巡逻车也正忙碌地在母港各处穿梭,像是嗅到了什么可疑气味似的。是父亲酒醒发现"飞鱼号"的电子钥匙被盗而通知母港监控中心加强防范,还是"大瓢虫"从警用飘飞车眼皮底下消失,让监控中心启动安全紧急预案,或是……羿星无法猜透。

他一眼就认出了父亲专用的那艘庞大的外形像飞鱼似的"飞鱼号"。他迅速让飘飞车飞向"飞鱼号"。"大瓢虫"

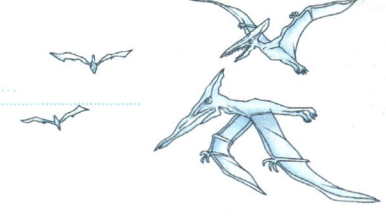

正对着"飞鱼号"的舱门落下。

"大家注意,先坐着别动,以便有意外情况时统一行动。等我打开飞船舱门后,再一起下车进入飞船。"羿星说着打开书包,取出量子电脑,敏捷地操作起来……

怎么回事,电子钥匙已激活,"飞鱼号"舱门竟纹丝不动?

再来一遍,舱门还是没开启!

糟了,该不是父亲酒醒后发现"飞鱼号"电子钥匙失窃而立即更换了电子钥匙吧?羿星的汗又下来了……

"惨了,惨了!"羿星边操作电脑边自言自语。

"出什么事了?"大家都关切地问。

"电子钥匙失灵,飞船舱门打不开了。"羿星沮丧地说。

"那怎么办呢?"水冰月焦急地说。

"是不是去不了太空探险了?"木落特别紧张。

"别急,再试试看。"木梨艳倒沉得住气。她忽然想起了什么,对羿星说:"对了,我们的飘飞车现在是在三维空间还是四维空间啊?"

一句话提醒了羿星——糊涂虫,飘飞车还在四维空间呢,电子钥匙怎么打得开三维空间的舱门!

羿星急忙按下空间变换器的黑色按键——

车内所有的乘员突然有一种失重的感觉,而窗外的天空一下变成浅紫色的了!

"看,雪花!"不知谁喊了声。

可不是,浅紫色的天空中突然飘满了大朵大朵的雪花,起先,是纯白色的,像柳絮,又像芦花,轻轻地飘着、飘

第一章 飞鱼

着……一眨眼,雪花都变成五颜六色的了,浅蓝、葱绿、桃红、莲青、杏黄……而且形状各异,有圆形、三角形、方形、菱形、星形、多边形……同时,每一朵雪花都像是掺进了石英,晶亮晶亮的,在浅紫色的天空中,就像无数可爱的精灵跳着优美的舞蹈……

"真像童话世界啊!"水冰月发出梦一般的呓语。

"7月天哪来的雪花啊!"木落说。

没容有人来回答,突然,窗外很亮地一闪,所有的"精灵"都消失了,天色一下又变成明亮亮的了。

羿星估计,"大瓢虫"一定是回到了三维空间了。他让眼睛适应了一下周围,猛地,他看见远处两辆巡逻车鸣着警笛朝这边开过来——糟糕,一定是母港卫士看见了"无中生有"冒出来的"大瓢虫"了。

他顾不得许多了,迅速操作起量子电脑……

"门开了!门开了!"大家全都欢呼起来……四人迅速跳下车,向"飞鱼号"舱门跑去。

这时,巡逻车已经开到跟前"嘎"地停住了。

"都进来了,快关门!"木梨艳朝羿星喊道。

巡逻车里的卫士们刚跳下车,"飞鱼号"的舱门恰好紧紧合上了……

第二章 栖龙

山川大地急速地向后退去、退去，一切的景物都变得越来越小、越来越模糊……

很快，蔚蓝色的地球就整个呈现在"飞鱼号"所有乘员的眼底了……

"太美了，太美了！"

"像梦幻一样啊！"

"比梦幻还美！"

木梨艳、水冰月、木落的赞叹声此起彼伏……

第一次上太空，大伙对什么都觉得新鲜！

羿星暂时没空欣赏飞船外的景致，他正全神贯注地操纵着"飞鱼号"飞船。

羿星的记忆力实在好，他对父亲带他参观"飞鱼号"时做的飞船性能介绍至今记忆犹新。当然，对许多仪器、设备的性能他还需要进一步了解和熟悉。现在，他已经将飞船的驾驶方式设定为"自动"。飞船疾速飞离银河系……

舷窗外，是千古不变的像是垂挂着凝重的黑色天鹅绒帷幕的漠漠广宇，那些大小不一、亮度各异的星光犹如缀在这

地外诱惑

黑色天鹅绒帷幕上的一颗颗宝石,格外耀眼……

"流星语,还真行啊你,会开飞船。"从窗外收回视线的木梨艳走过来用欣赏的口吻说。

"我老爸教的。"羿星说,"怎么样,现在你相信我没有骗你了吧?"

"你敢骗我,看我扁你!"木梨艳故意晃晃拳头。

"我从小欠揍,"羿星调侃了下自己,接着认真地说,"我老爸从不打我,但他总是不苟言笑,让人受不了。"

"我爸倒是整天笑呵呵的,虽然他老被我妈管。"木梨艳说。

"那你们一定也被你妈管得动弹不了喽。"

"我妈嘛,这么跟你说吧,你只要把成绩考好,就什么都好说,要吃要喝,要风要雨都行,上网聊天也行,比熊猫还可爱。但你要知道,这个'好'的概念是每科都要在九十九分以上,少一分都不行,要是低于九十九分,那她就变成了母老虎,凶巴巴的,吼个没完,有时还给你上一道'竹条炒肉丝'。"

"好恐怖呀。"羿星发出夸张的惊叹。

"这次整个暑期,她一直逼着我们参加各种各样的培训班,什么外语班、网络班、乐器班、舞蹈班……我都烦死了,所以你一说到太空旅行,我就毫不犹豫地决定参加了。"

"还挺叛逆的。"羿星说,"这回出走太空,你妈知道吗?"

"她要知道,我还能走得了?"木梨艳说,"我给她留了一封信,出来的时候扔到邮筒里了。在信里,我告诉她,

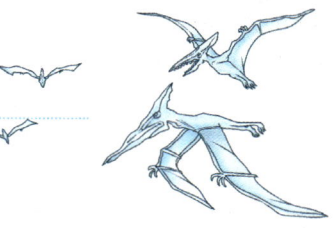

孩子也应该有自己的空间和追求。她明天会收到信的。"

"流星语，需要我帮忙做点什么吗？我擅长做事情的。"水冰月热情开朗地请缨。她现在已经变得跟刚上飘飞车时判若两人了。

"好啊，你就给大家做点冰淇淋吧，飞船的食品库里有许多成品和原材料，够我们吃上一两年的。"

"好啊好啊，我爱吃冰淇淋。"木落拍手称好。

"这么胖了，还吃。"羿星故意逗木落一下。他现在已经非常喜欢这个活泼可爱的小弟弟了。

"谁说我胖，我这是苗壮，当然，"说到这，他仔细打量了一下羿星，带着羡慕的口吻说，"要是能像你这样健美就更完美了。"

大家都笑起来。

"飞船要有船长，流星语会开飞船，年龄又最大，我看就选他当'飞鱼号'船长怎么样？"木落征求木梨艳和水冰月的意见。

"同意。"木梨艳和水冰月表示赞同。

"我去做冰淇淋了。"水冰月说着跑去做冰淇淋了。

羿星察看着飞船仪器，见木落一直在身旁眼巴巴地看着自己，仿佛想说什么，觉得奇怪，就问："怎么，对我驾驶飞船的技术不放心？"

"不是不是。"木落急忙不好意思地摇头。

"那干吗老盯着我？"

"我说船长，能不能教我开飞船？"木落脸上露出渴望

地外诱惑

的表情。

"我就知道你一捧我准来事。"羿星伸手点一下木落的鼻头。

"你把我教会了,你需要休息的时候我来开。"木落补上一个重要理由。

"看来,我要没把你教会,还休息不了。"羿星拍拍木落的肩膀,"好,我教你开。"

"你也要教我。"木梨艳赶忙说。

"都教、都教,每个人都过一把瘾。"羿星说。

"速成冰淇淋来啰!"水冰月给大家送来了速成冰淇淋。

"好快哦!"木梨艳赞道。

"先给我一个!"木落伸手先抓了一个。

"吃完冰淇淋,我教大家驾驶飞船。"羿星开心地说。

吃罢冰淇淋,羿星开始当"教练"了:"操纵'飞鱼号'最简单的方式就是让飞船处于自动驾驶状态。这艘即升式光子飞船是非常先进的,它通过捕捉太空中的光子获得能量,作为动力。船上还有许多的设备、系统,比如防卫系统、自动维护系统、保障系统等。现在我们打开飞船上的《飞鱼指南》,一起学习和研究,只有了解和掌握了我们飞船的各种设备情况,才能确保我们的旅行万无一失。"羿星打开飞船电脑中的《飞鱼指南》,对大家说:"来,大家一项一项地学习、了解和掌握。"

众人都把注意力集中到了《飞鱼指南》上……

羿星蓦地想起了什么,于是对大家说:"你们自己先慢

慢琢磨吧！"然后拿过书包，转身坐在一把椅子上，从书包里掏出量子电脑和父亲给的那张微缩光盘。

光盘打开了，父亲所说的日记片断映入了羿星的眼帘——

1．问话

晚上下班，嫦凰似乎有什么心事，问了她，又说没什么。临睡时，她忽然问我："今天上午是不是跟一个女的在相思道上散步了？"我告诉她，有这么一回事，那女的叫薇莎，研究生毕业刚分到我们院部不久。上午我们刚好在院部的相思道相遇，她向我请教了一些问题。嫦凰说："那地方很浪漫啊！"那条道路两旁满是婆娑的盛开着黄色喇叭状花朵的相思树，风里总是飘着淡淡的花香，确实很有浪漫气息，但这与我何干？她又用玩笑的口吻说："为什么总是女孩子向你请教问题？"这是什么话，向我请教问题的男孩子多着哩！

2．电话

下午，正在开项目研究会，嫦凰打电话来，对我说："中午又在电视上看到你了，是不是那个空间电视台的雪浅又采访了你？"我说她上午采访过我。她说为什么雪浅老采访你。我说人家是记者，有采访权利啊！她说，那别人为什么没有经常采访你？我说，那我管得着吗？她在电话那头不说话，又不把电话放下，不知道在想什么。我正研究项目哩，哪能这么耗着，就放下电话开会去了。

3．尴尬

没想到今天嫦凰会让我这么尴尬。

第二章 栖龙

上午9：00在新闻中心参加科研成果发布会，来了许多媒体的记者。雪浅也来了。我正接受雪浅的采访，嫦凰突然出现。她一把拦住雪浅说："你为什么老采访我老公，那边还有那么多科学家，你干吗不去采访他们？"太令人尴尬了，我劝了她两句，她居然说："你别护着她！"我只好掉头离开了……

4."避难"

不知道为什么，嫦凰变得跟婚前判若两人了。在国际空间大学学习研究的那段时光，在工作初期的那段日子，她是那样的美好。虽然孤傲，但她有孤傲的本钱。她端庄美丽、气质高雅、通情达理、智慧超人。她真的像嫦娥一般孤傲，像凤凰一样高贵！

但结婚以后，渐渐地，她变了，固执狭隘，喜欢猜疑，看见我跟异性说话就不高兴，还常常无事生非，令人尴尬。虽然她在研究领域的智慧丝毫不减且日益精进，但在对待我跟外界的正常交往上，在处理我们两人的关系上是那样的不可理喻，不听解释，简直毫无智慧可言！

我们俩的情感交流越来越难了……

从前，我总喜欢跟她多待在一起，但现在，我却有点害怕跟她待在一起。她问这问那，冷嘲热讽，给我精神上带来了很大的痛苦（我想，也许她精神上也痛苦不堪）。我只能把全部的注意力转移到我的研究领域上……

只有在工作时，我才能忘却所有的痛苦。

我长时间地在实验室里很投入地工作，甚至，常常就在

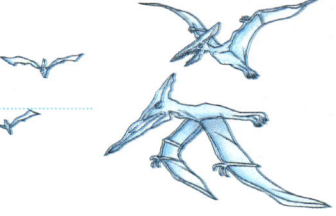

实验室的休息间里过夜。

我觉得实验室是我的精神避难所……

5. 失踪

嫦凰突然失踪了，连同她的空中实验室，连同她所有的机器人助手。

我居然没有察觉到她任何的出走迹象。上午，我接到她的短信，内容是："真爱并不存在，我痛恨这个世界！"我怎么也不会想到，这是她留给我的最后的话。

我流泪了，从眼里，到心里……

嫦，你为什么要这么看待这个世界呢？

嫦，我们的儿子刚满周岁，他不能没有你啊！

我的嫦娥，我的凤凰，告诉我，你飞到哪里去了？

6. 真爱

今天，儿子再次问我："妈妈到哪里去了，为什么还不回来？"我只好还用那句话来搪塞："妈妈出差去了，她会回来的。"

十年了，我的嫦凰依然杳无音讯。

这几年，我常常反思自己，唉，要是当初我对她一些偏激的言行能做一些更好的沟通和疏导，要是我能用更多更好的方式表达我对她的爱，要是我没有那么刻意地逃避她，那么，也许她对世界的看法就不会那么极端了。

我知道，她是真心爱我的，但她怎么就不明白，我也是真心爱她的呀！

假若时光可以倒流，我愿付出一切的努力，不惜一切的

地外诱惑

代价,让她洞彻我的真爱!

　　谁能告诉我,我的嫦凰,她到哪里去了?

　　……

　　看到这,羿星突然觉得自己的眼角像是爬上了小虫。他知道,自己流泪了。他是一个很少流泪的人,但他现在控制不住自己了。

　　原来父亲也不知道母亲的去向啊!

　　他突然同情起父亲来,父亲不苟言笑的背后,竟藏着这么深的痛苦!

　　大人的世界太复杂了!

　　母亲,你究竟去了哪里?

　　泪水轻轻从眼角滑落,滴在量子电脑液晶屏幕上……

　　"你怎么啦?"女孩的声音。

　　羿星一抬头,看见木梨艳正疑惑地望着自己。他急忙用手背拭去眼里的泪,掩饰道:"小虫飞到眼里了!"说着起身到盥洗室里洗了一把脸。

　　羿星从盥洗室里出来时,看见木梨艳已经又回到水冰月、木落那边,三颗脑袋一起挤在《飞鱼指南》前……

　　他在主驾驶座上坐下,察看起控制台上的电子星域图,琢磨"飞鱼号"要去的第一站……

　　忽地,控制台上的扬声器响起一个羿星十分熟悉的声音:"羿星,羿星,是你开走'飞鱼号'吗?请回答!"——是父亲,父亲知道了!

羿星迟疑了一下，答："是我，爸爸。"

"你怎么能随便开走飞船呢？什么话也别说，赶快返航！"院士的声音掷地有声。

木梨艳、水冰月、木落一下围了过来……

"可是，既然已经出来，就让我们玩一把吧，只当是个锻炼！"

"有这么锻炼的吗？我问你，是不是你拿走了我的空间变换器？"

"是。"

"你千万不能随便使用那个东西，那仅仅是样品，我刚刚发现它存在设计和程序上的缺陷，随时可能导致不堪设想的后果。"院士的声音很急切。

"有这么严重吗？"

"可能比我说的还严重！"

"可是，我已经试过一次了，挺管用的。"

"你以为我吓唬你吗？现在起，千万不要再用了，它确实存在设计和程序上的缺陷，你们赶快返航！"

"爸，对不起，我真的想到太空旅行。麻烦您尽快研究，把空间变换器设计和程序上的缺陷赶快完善起来，编个补丁，用网络传给我，我好动手修补缺陷。"

"这个补丁那么容易研究出来吗？"

"老爸，您有这个能力的，我相信您！"

"不要再说了，太空之中，危机四伏，母港已出动飞船去拦截你们，要是拒绝拦截，后果很严重的，还是立即返航

第二章 栖龙

吧！"院士的话软中带硬，硬中有软。

"嘟！嘟！嘟！"警示系统突然响起来。

"看，飞船！"水冰月叫起来。

"一艘'鲨鱼'，一艘'鲸鱼'！"木落补充道。

可不是，千里眼监视器上出现了两艘飞船，一艘状似鲨鱼，一艘状似鲸鱼，它们正急速地向"飞鱼号"飞来。

"它们真的追来了！"木梨艳盯着监视器说。

"怎么办，我们真的要被拦回去了吗？"木落紧张地望着姐姐。

"想回去的请举手！"羿星扫了大伙一眼，征求大家意见。

"我不要回去！"水冰月立即表态。

"我也不要回去！"木落也跟着表态。

"你自己呢？"木梨艳问羿星。

"我要是想回去，飞船早掉头了！"

"你不管你老爸吗？"木梨艳看着羿星说。

"将在外，君命有所不受嘛。"

"听话，立即返航！"扬声器又响起院士的声音。

"爸，对不起了！"羿星说罢，伸手关掉扬声器开关，扬声器一下没有声音了。

"那好，现在我们要立即明确前进目标，想办法甩掉尾巴！"木梨艳干脆利落地说。

嚄，她俨然变成指挥官了。

"刚才我仔细研究了电子星域图，去斑牛星系，那里挺远，有五十万光年。"羿星说。

040

"那么远怎么去啊？"木落担心地说。

"不用怕，刚才我看了《飞鱼指南》，只要我们调好目标坐标，按下BBB键，飞船就会进入谐波时空隧道，很快就会到达几十万光年的地方。"水冰月回答时就像个技术顾问。

"水冰月说得对，大家立即把太空盔都戴好，在椅子上坐定，让座椅进入强化安全模式。"羿星说。

大家立即各就各位。羿星在控制台上调好目标坐标，说了声："我按BBB键了，如果有什么不适应，挺一下，别害怕！"

"飞鱼号"所有乘员陡然感到一下坠了下去，像是瞬间沉入了深深的海底，眼里尽是迷蒙的海水，耳朵也被海水灌满了，外界的动静全被屏蔽，而呼吸开始不畅起来，气管像是塞进了柔柔的棉花，胸口像压上了巨大的石块，脑袋也变得像一瓶黏稠的糨糊，好难受啊！

突然，他们好像一下子蹿出了水面，迷蒙的海水、柔柔的棉花、巨大的石块、黏稠的糨糊以及所有难受的感觉一下都消失了，整个人感觉特别轻松和无比愉悦。这时，他们看见飞船的舷窗外出现了密密点点的光影。这些光影就像金色的小蜜蜂，闪闪烁烁地扇动着翅膀，飞舞着、飞舞着……然而，很快，所有的"小蜜蜂"一下子都飞走了，飞船猛然跌入漆黑之中……

"姐，我怕，怎么一下子变得这么黑啊？"木落怯怯地说。

"别怕！"木梨艳和水冰月同时安慰道。

忽地，空中点燃了瑰丽的色彩，如节日缤纷的礼花。这

第二章 栖 龙

些礼花,有的像孔雀开屏,有的像百鸟朝凤,有的像银河飞瀑,有的像仙女曼舞,有的像灯笼高悬,有的像彩虹凌空……流光溢彩,万紫千红,美轮美奂!而飞船两旁边的舷窗外不断地掠过去一道又一道亮丽的光线,就像无数五颜六色的飘带被强烈的风吹着,呼啦啦地从飞船两边快速地飘过去、飘过去……

空中的礼花、窗边的光带,交相辉映,令人目不暇接……

"飞鱼号"飞船就在这样的由缤纷的礼花和美丽的彩带组成的隧道中梦幻般地穿行着……

"好美啊!"

"好漂亮哦!"

"太壮观了!"

……

四个少年不知道倾泻出多少赞美和赞叹的语言,他们惊奇和兴奋的程度从下面几句下意识的"真情告白"中可见一斑:

木落:"我的眼睛不够用了!"

木梨艳:"我的想象力遭遇信任危机!"

羿星:"时空隧道,我为你疯狂!"

水冰月:"我好惨,已经找不到恰当的形容词了!"

他们疯叫着……

他们宣泄着……

他们体验着……

他们成长着……

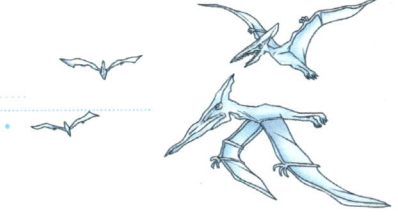

　　不知过了多长时间，礼花和光带刹那间都消失了，而空中遽然撒落无数姹紫嫣红的花瓣，像花的雪，又像七彩的蝶，纷纷扬扬，漫空飘舞……

　　"飞船已到达指定坐标，请退出谐波时空隧道！"飞船的自动控制系统及时报告并提醒操纵者。

　　羿星猛然醒过来，急忙再次摁下 BBB 键。

　　"哦，我们来到斑牛星系喽！"

　　"我们甩掉尾巴喽！"

　　大伙都从自己的座位上起来，欢呼雀跃……

　　"五十万光年这么快就到了，"木落咂咂舌，"为什么会这么快啊？"他觉得不可思议。

　　"是啊，这是什么技术原理啊？"水冰月也望着羿星，看得出，她很想得到答案。

　　"我老爸曾说过这个原理：时空场共振理论认为，时间是能量在时空中高频振荡的结果，宇宙间各时空点的性质取决于该点电磁场的结构特性。我们可以用人工方法产生一定的谐波结构，使它与远距离某时空点的谐波结构特性相同，那么，二者就会产生共振，形成一个谐波时空隧道，飞行器可以循着这个时空隧道很快到达宇宙的另一个位置。"

　　"你老爸怎么懂得这么多啊？他到底是干吗的？"木落敬佩地说。

　　"刚才听飞船母港监控中心呼叫的那个羿日就是你老爸吧，是个院士，对不？"水冰月问羿星。

　　"你听得够认真。"羿星朝水冰月笑笑。

第二章　栖龙

地外诱惑

"了不起!"木落朝羿星竖起了大拇指。

"现在我们打算在哪个星球上降落?"木梨艳问羿星。

"这个嘛,请教顾问就行了。"羿星朝她眨眨左眼。

"谁是顾问啊?"木梨艳不解。

"探测器啊!"羿星说。

"对呀,《飞鱼指南》上介绍过探测器来着,我怎么忘了?"木梨艳自我批评道,"业务不熟,业务不熟。"

羿星打开探测器,输入要求,探测器立即紧张地工作起来……不一会儿,探测器就报告道:

"注意,坐标CQ·3828·B277有一颗无名星球,它的体积、质量、重力加速度、大气成分、地理环境等跟地球几乎一模一样,简直就像地球的孪生兄弟,符合要求吗?"

"就到这个星球上探险旅行好吗?"羿星征求伙伴们的意见。

"同意!"大家一致通过。

飞船的外壳燃起耀眼的火焰……

"起火了!"水冰月和木落惊恐地叫起来!

"没事,是我们的飞船冲进无名星球的大气层了,火焰是飞船与空气摩擦引起的,不要怕!"羿星解释说。

众人顿时放下心来。

火焰很快就熄灭了。"飞鱼号"缓缓地飞翔在无名星球的天空中……

他们打算先从总貌上好好浏览一下这个无名星球的风光。

"好美丽的天空啊!"木梨艳最先叫起来。

"跟地球的天空太不一样了！"水冰月也叫道。

是太不一样了，看吧——

天光流溢，灿灿烂烂。天空，由南到北呈现出红、橙、黄、绿、蓝、靛、紫七种颜色，看上去，整个天空就像是一个巨大的彩虹。而云朵呢？跟地球上的也大不一样，地球上的云通常呈白色，而这里的云彩却是缤纷的，就像神话故事中所提到的五色祥云，绚丽极了！整个天空，令人从眼里到心里都愉悦得无以复加。

"地面的景致跟地球好相像！"木梨艳兴奋地叫着，像发现了新大陆似的。

她的叫声把大家的视线从天空拉回到地表——

河流似粼粼的巨龙蜿蜒游向远方……河流两岸葱郁的树林、青翠的草甸一片连着一片，绵延千里；美丽的湖泊宛如一面圆圆的镜子，把空中的一切都摄入镜底；逶迤的山脉一如大地的脊梁，峥嵘、挺拔、棱角鲜明；而巨大幽深的峡谷弥漫着淡淡的雾霭，不知藏着多少的秘密……

没有城市、乡村，没有房屋、田畴，没有一切文明的迹象，有的只是一个美丽星球的原生状态。

"真的很像从太空中看我们的地球。"水冰月说。

羿星操纵飞船放慢速度，并把高度再降低一些，好让大伙欣赏得更清楚些……

"看，前面有三只大鸟！"眼尖的木落用手指着前方叫了起来。

"好大啊，快飞过去瞧瞧！"水冰月很兴奋。

第二章 栖 龙

地外诱惑

"飞鱼号"忙朝目标追过去……

为避免异星鸟儿受惊,羿星没敢让"飞鱼号"靠得太近,只在适当的距离飞行,静静地观察……

"前面那只像翼龙!"木落惊奇地说,"我是超级恐龙迷,我认得!"

"好眼力,真的很像!"羿星赞道。

它那又尖又长的嘴巴,扇动着的像蝙蝠那样薄薄的膜状翅膀,细而有力的脚爪,裸露无毛的皮肤,一两米长的身躯……怎么看都像活跃于地球中生代的早已灭绝的古生物翼龙。

后面的两只大鸟却有着黑白鲜明的羽毛,巨大的翅膀和长长的尾翎,最引人注目的是它的喙,尖而奇大,足足占了身子的三分之一。这种巨喙鸟身躯比翼龙起码大了四五倍。

"糟了,大嘴鸟想吃掉翼龙!"木落惊呼。

可不是,瞧,翼龙那样慌里慌张,嘴还不时地张一张,像是发出求救的哀鸣,而大嘴鸟强劲地扇动翅膀紧追不放,眼看着越追越近、越追越近……

"危险!"水冰月猛地拉开飞船舷窗,向着翼龙喊。她忘了翼龙根本听不懂人类的语言。

"船长,'飞鱼号'不是有防卫武器吗,快启用啊!"木落急得不得了。

"防卫武器倒是有,激光炮、微波弹、高能束……可都是要命的家伙,可不能救了翼龙,害了大嘴鸟啊!"

这时,令人惊心动魄的一幕发生了—— 一只大嘴鸟张开

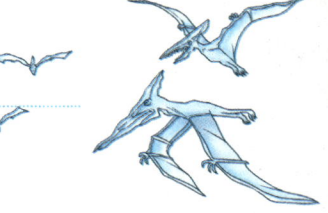

大嘴，一个冲刺，一下咬住了翼龙的后半个身子。

"完了完了！"水冰月急得直跺脚。

"可以用旋转弹，《飞鱼指南》中的防卫武器大全中介绍过，我来试试！"木梨艳不由分说，打开防卫系统，迅速选好防卫武器，按下键钮——"噗！"一颗旋转弹击中了那只咬住翼龙的大嘴鸟，只见那只大鸟立即在空中原位不停地旋转起来……

"它会死吗？"木落担心地问。

"不会的，《飞鱼指南》上说，十分钟后中弹者就恢复正常了。"木梨艳说。

木落松了一口气。

这时大嘴鸟已控制不了自己，翼龙很快便从它的大嘴里挣脱出来，跟跟跄跄地向地面滑翔下去……

另一只大嘴鸟大概被伙伴的遭遇吓蒙了，急扇翅膀落荒而逃……

"翼龙一定受伤了，我们快下去救它。"木梨艳说。

"对对对！"大家都同意。

羿星迅速查找了一下翼龙滑翔下去的地方，瞅准了河流边上一处开阔且绿草如茵的地面稳稳地将"飞鱼号"降落下去……飞船的舱门一打开，水冰月就拎着救助包第一个冲出舱门。羿星等三人也紧随着出了舱门。他们迅速向翼龙滑落下去的方位搜索……很快，就在河流边上一处茂草丛生的坡地上，觅到了它的身影。

见有人跑过来，翼龙的眼里现出了惊恐之色。它恐惧地

第二章 栖 龙

地外诱惑

扇了扇翅膀,想逃走,可没能飞起来。

"不要怕,不要怕。"水冰月柔声对翼龙说。

翼龙似乎听懂了她的话,不再扇动翅膀企图逃走了。

四个地球少年友好地走上去,围在了翼龙身旁,仔细地帮翼龙检查着伤情……

翼龙受伤了,它的身上有好几处伤痕,冒出殷红的血。

"我来医,"水冰月边打开救助包边说,"我婶婶是个医生,她教过我救护知识。"

她小心翼翼地给翼龙各处伤口都上了药。

"伤得重吗?"木梨艳关切地问。

水冰月长舒一口气说:"谢天谢地,主要是皮外伤,我已经给它涂了特效药水。还好那只大嘴鸟的嘴巴里没有利齿,要有的话,就没这么幸运了!"

说着,她再次仔细检查了翼龙的翅膀和两腿,说:"翅膀和腿都没问题,它可能是被大嘴鸟咬在嘴里,受到过度的惊吓,休息一下,很快就会好的。"

听了水冰月的话,大家都松了一口气。

"我去给它弄点吃的。"木落说罢起身往"飞鱼号"跑去……

不一会儿,只见他拎着一大袋东西吭哧吭哧地跑回来……

"我弄了点火腿肠来,看它吃不吃。"木落从塑料袋里取出一根大大的火腿肠,剥去包装,蹲下来,送到翼龙嘴边,说:"乖宝贝,吃吧。"

"乖宝贝"闻了闻,一张口,一下就叼住了,再仰了仰

048

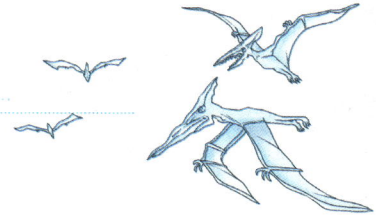

脖子,一根火腿肠就滑入肚里去了……

众人看见"乖宝贝"一根火腿肠下肚后咂咂嘴,似乎说:"味道不错!"然后又眼巴巴地望着木落手中的火腿肠……

嗨,它爱吃火腿肠呢!大家急忙兴高采烈、七手八脚地剥起火腿肠来。

不一会儿,一大袋火腿肠就全到"乖宝贝"肚里了……

"我再去拿!"木落说完就站了起来。

木梨艳一把拉住他说:"不可以一下子吃太多,可别把它弄得消化不良。"

木落便站住了。

现在,"乖宝贝"的精神状态恢复得非常好,火腿肠填饱了它的肚子,地球人的友善又消除了它的恐惧,它一下从草地上站了起来。

大伙全都高兴地鼓起掌来……

"乖宝贝"眼里闪耀出感激的光芒。它走了走,扑扇两下翅膀,像是检测一下自己身体恢复状况,又像是对地球人表示感谢,同时尖嘴巴还"嘎嘎"地叫了两声,似乎是表达:"非常感谢!"

木落轻轻抚摸一下"乖宝贝"的翅膀说:"乖宝贝,要是好了,你就找伙伴去吧,以后注意不要再让大嘴鸟撞上了。"哈,敢情他认定"乖宝贝"能听懂他的话哩。

也真奇,"乖宝贝"温情地看了看木落等人,而后将尖尖的嘴巴先在木落的手臂上轻轻摩擦了三下,接着又依次在木梨艳、水冰月、羿星的手臂上也轻轻摩擦了三下,似乎在

第二章 栖龙

地外诱惑

感谢地球人的救助与爱抚,又似乎在向他们告别。

"告别仪式"后,"乖宝贝"用力扇了扇翅膀,向空中飞去了……

"再见!"四个地球人向着空中的"乖宝贝"喊。

"真没想到这颗星球上还有活的翼龙哩。"木落说。

"是啊,宇宙里的奥秘实在太多了。"羿星摸摸木落的头顶。

"宇宙太神秘了!"木梨艳无限感叹。

"那片树林好漂亮,我想去看看,你们谁敢跟我一起去?"木梨艳说。

循着木梨艳指的方向,大伙看见在这片草地的另一边是一整片翁翁郁郁的原始森林,真的好迷人!

"你可不能独享美景,"羿星说,"资源共享,大家一起去,但千万不要走散了!"

"哈哈,我故意激你们呢。"木梨艳笑靥如花,非常美丽,却一脸调皮。

"我先跑啰,谁先跑到,这片森林就用谁的名字来命名。"木落抬腿就要跑。羿星一伸手把他拉住了:"你还满脑子功名思想啊?"

木梨艳和水冰月都笑了。

木落嘿嘿笑着,挠挠头皮说:"在外星球留个名,也没什么不好。"

"留你个头,那可是原始森林,刚才遇到的是善良的翼龙,要是森林里跑出个剑龙或霸王龙什么的你连小命都没了,

还有什么名可留？！"

"这么说，我们就不能进那片森林啦？"木落像是泄了气的皮球。

"你怎么除了食物，什么都不记在脑子里？"羿星看了看大家说，"刚才下飞船急，忘了带防身武器了。大家原地待命，我去给大家取来。"羿星的口气真的像个船长。

"我跟你一起去。"木落又高兴了。

"干脆大家一起去吧。"木梨艳脱下太空盔说，"我刚才试过了，这里的空气跟地球上的一样，可以适应。这太空盔戴着作用不大，不如放回飞船上去。"

羿星说："好吧。"

现在，四个人都配上了防身武器，每人一支太空枪，一把激光短剑。太空枪配有旋转弹和冷冻弹，激光剑则会发出足以摧毁对手的激光焰，但只能在按动开关碰到对方身体组织的情况下才能发出激光焰。另外，每个人身上都带上一个打火机大小的玄通灵，这种玄通灵主要便于乘员间的相互联络。

"好了，出发！"羿星像个指挥官一样下了命令。

"我又先跑啰！"木落又先跑起来。

羿星赶紧追上去喊："可别跑丢了，跑丢了，你妈可得找我要人！"

木梨艳和水冰月也咯咯笑着跟上去……

四人很快就来到林子跟前。

第二章 栖龙

地外诱惑

"先在近处看看、走走，不要贸然深入树林，以免遭遇毒蛇怪兽的攻击。"羿星嘱咐伙伴。

于是，众人就在林子前停住了脚步，贪婪地欣赏起异星森林景观——

这片林子真是太神奇、太美丽了！各种奇异的树木高高低低错落有致。看，那棵树耸入云天，树干笔直而光滑，高高的树冠上围着一圈绿叶，并分别向四方伸出四个长柄，柄上各吊着一个金色的宫灯状果实，远远望去，整棵树就像一盏高大、美丽、独特的天然街灯；那棵树不是很高，而造型却像开屏的孔雀，密密的树枝树叶组成一个五光十色的扇状屏风，上面还有许多宝蓝色的圆斑，一闪一烁，好像无数只动人的眼睛在眨眼；那种树呢，中央伸出一根长长的花梗，顶端盛开着许多美丽的花朵，这些花的花蕊有一个圆圆的小球，乒乓球大小，小球上顶着一把撑开的半透明的"小伞"。突然，一颗小球爆开了，小伞立即在风中轻轻地飘飞起来，向着空中，越飞越远……树林里还满是粗细不一的各色古藤，它们或如巨蟒纠缠，或如青蛇游移，或如彩带飘舞，或如美髯静垂……

他们满耳都是甜美悦耳的各种鸟儿的歌唱声……

他们还看见各色的鸟儿在林子里快乐地飞来蹿去……

"你们看，那棵树上一串串五角星形的果实好可爱！"木落说着跑了过去。

众人也都跟过去。

这种树高约两米，黛青的树枝虬曲嶙峋，灿黄的树叶状

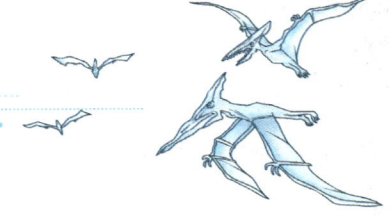

似小扇，而树枝上垂下一串又一串的果实。这些果实有指甲盖大小，胭红色，五角星形，十分可爱！

木落立即看中了一串果实，跳了两下，没够着——他胖得像皮球，跳不高。

羿星伸手把那串果实摘下来给木落。

木落把它放在鼻尖前嗅了嗅，说："香着哩。"他突然摘下一颗"五角星"，往嘴里一扔，"叭唧"一响，咬破了，说："好甜！"

木梨艳大喝一声："快吐掉！"

木落瞪大眼睛望着姐姐："姐，怎么啦？"

"馋猫，这果子要是有毒怎么办？"木梨艳急红了脸。

木落还舍不得吐掉已入嘴的"美味"，说："不会吧？"

刚说完，他整个人突然像气球一样向上飘了起来……

"姐，我怎么啦？"木落的脸唰地白了。

大家都蒙了，羿星最先回过神儿。他使劲跳了跳，想拽住木落的脚，可已经够不着了。木落已经飘到好几米高了。

"救命！"木落在空中慌乱地喊。手里却还紧紧攥着那串果实。

"不要怕，我们想办法救你！"木梨艳朝弟弟喊。

"这可怎么办呢？"水冰月急得不知所措，突然呜呜地哭起来……

"你快想办法啊！"木梨艳焦急地对羿星说。

羿星说："我在想这下要把自己赔给你妈了。"

"你还开玩笑，你有没良心？"木梨艳给了羿星肩膀一

第二章 栖龙

个巴掌，然后跳起来，摘下一串果实。

"你想干什么？"羿星一把拦住她。

"你见死不救，还不让我想办法？"木梨艳气呼呼地说。

"你想也吃一个果子，飞上去把他拽下来是不是？"

"是又怎么样？"木梨艳以视死如归的气概说，"就是不能拽下来，我们姐弟也要漂泊在一起……"

"漂泊"这个词让羿星差点笑出声来。他见木梨艳急成这样，这才认真说："别急，别急，听我说，我有办法了。"

一听这话，木梨艳忙说："快说，什么办法？"

羿星说："我们不是有'飞鱼号'吗？先观察几分钟，看看木落会不会自己慢慢飘落下来，如果不行，我们开飞船上去，把他接住不就行了？！"

木梨艳觉得这话在理，点点头，说："好，就依你说的，先观察一下吧。"

水冰月眼睛盯着空中，还在"呜呜"地哭……

空中，木落已经飘升到一百多米高。这时，羿星发现，木落似乎已经不再上升了，而是在一定的高度上盘桓……又过了两三分钟，木落开始轻轻地往下飘落了。

"下来了，下来了！"水冰月收住哭声，和木梨艳、羿星高兴得又是叫又是跳。

木落缓缓飘落……羿星他们三人朝着木落即将飘落的河边草地跑去……

木落飘落到草地上时，木梨艳三人早等在那里了……

木梨艳紧紧地把弟弟抱住了，生怕他再次飞走似的。

"怎么样，你没事吧？"大家都关切地问木落。

"好玩！"木落没头没脑地冒出这句话。

"还好玩呢，我们都吓死了！"木梨艳说，"你看水冰月姐姐眼睛哭得跟桃子似的。"

"你是不是吓傻了，看你，手里还紧紧攥着这串果实做什么？"羿星说。

木落看了看自己手中攥得紧紧的那串胭红的果子憨憨地笑着，说："起先是吓得要命，后来就不怕了，而且觉得挺好玩，真的！"

为了证明自己的话，木落又摘下一颗果实说："我还想再吃一个再飞一次，这种飘飞果太神奇了，我希望你们也都吃一个试试，这在地球上可绝对体验不到。"

木落的最后一句话显然打动了大家的心。羿星说："好家伙，你长大了准是个优秀的食品推销员，我现在都觉得不吃飘飞果，枉到这里一游了。"

木梨艳说："我看了时间，吃了飘飞果，从飞升到降落，大约十五分钟。从木落安全返回地面看，危险系数几乎没有。"显然，她也跃跃欲试。

"我也想体验一下飘飞到空中的感觉。"没想到刚才还哭得一塌糊涂的水冰月这时比谁的动作都快。她伸手摘了一个飘飞果扔进嘴里，对木梨艳和羿星说："你们敢不敢？"

"谁怕谁呀！"羿星和木梨艳也都毫不犹豫地伸手摘了一颗飘飞果扔进嘴里。很快，他们四人全都飘飞起来……

木落已经有经验了，他居然可以很好地控制自己的速度

地外诱惑

和方向。他还顽皮地学着孙悟空腾云驾雾的招牌动作，兴奋地叫喊："我腾云驾雾喽！"

水冰月和木梨艳见木落可以随心所欲地做出孙悟空的滑稽动作，受了启发，也摆出仙女飞天的各种优美造型……

"我们会飞喽！""我们都是会飞的神仙！"水冰月和木梨艳疯叫着。

羿星则干脆把天空当成了游泳池，表演游泳动作，并不断改变泳姿……

这些少男少女全都疯了似的，在空中纵情狂欢，挥洒青春激情。

十五分钟后，他们全都安全地飘落地面。

"太好玩了！""太刺激了！""这个星球太可爱了，真不知道还有多少好玩的东西哩。"他们你一言我一语兴奋地发表着感想……

"玩疯了，休息一下吧。"水冰月一屁股坐在了草地上，其他三人也都或坐或躺在草地上。

"这个星球有处于原生状态的生态环境，有可爱的翼龙，有好吃又好玩的飘飞果，还有无穷无尽的宝藏和神秘……来到这么美好的地方我可真不想回地球了！"躺在草地上，眼睛望着彩虹色天空的羿星突发感慨。

"那你想在这干什么呀？"木梨艳问。

"建立一个自由王国，"羿星美滋滋地说，"我当国王，爽死了！"

"哎，凭什么由你当国王？"木梨艳不乐意了。

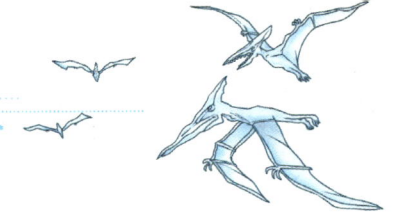

羿星本来是开玩笑,见木梨艳似乎当了真,就故意说:"是我先提议建立自由王国的,当然由我当国王喽。"

木落天真地说:"既然有国王,就必须有王后,那谁当王后啊?"

木梨艳和水冰月一听这话,脸上登时都飞起了红云。

羿星也不免有几分尴尬。

"建立自由王国,还要选什么国王,馊主意,我反对!"木梨艳态度鲜明道,"我们就是想挣脱大人的管束才出走太空寻找自由,如果又要弄出什么国王来管束大家,岂非更不自由?"

"说得有理,我赞成!"水冰月表态。

如果连木落也跟着做类似的表态,那自己就成了孤家寡人了。羿星"见势不妙",忙转移了话题,说:"算了,算了,建立自由王国的事以后再议,这个星球还没有名字,我们得先给它命名。"

"又是你先提议给这个星球命名的,你不会又寻思着把它叫作什么羿星星或流星语星吧?"木梨艳用嘲讽的口气质疑。

"你干吗这么想,命名是一门学问,代表一种素质和水平,哪能随随便便以我的名字来命名这个星球?!"

"谢天谢地,总算没有糟蹋这个星球。"木梨艳似乎松了一口气。

"把它叫作原始星怎么样?因为这个星球还处于原始状态。"木落建议。

第二章 栖龙

地外诱惑

"不好不好,所有未开发的星球都处于原始状态。"木梨艳把头摇得像拨浪鼓。

"这个星球的天空是彩色的,把它叫作彩天星如何?"水冰月说。

木梨艳想了想说:"这个名字色彩感强,但想象空间似乎小了点,大家再动动脑筋,看还有没有更贴切的。"她转向羿星:"你有何高见?"

羿星坐了起来,说:"地球上早在六千五百多万年前恐龙就灭绝了,可这个星球上居然还栖息着翼龙,这太奇特了!我建议把这个星球叫作栖龙。"

木梨艳沉吟片刻说:"这名字还不错,不但使人一下就会想到这个星球还有'龙'的存在,而且还会令人对这里的生态环境产生原始而优美、神秘而诱人的联想。"

"有道理,我同意!"水冰月举手表示同意。

"我也同意!"木落也举起了右手。

全票通过!

"快看,那边什么飞过来啦?"

被水冰月这么一叫,大家都把目光投到了远方的空中——远处,飞来一群生物,太远,隐隐约约的,看不真切……渐渐地,飞近了……

"是翼龙,我认出来了!"木落高兴地叫道。

果然是一群翼龙,二十几只,它们正朝这边飞过来……

"我们刚说起翼龙它们就出现了,没想到还真有灵性。"羿星说。

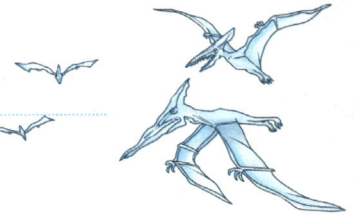

更让他们没想到的是,这二十几只翼龙居然"扑扑扑"全都在他们的周围落了下来。他们发现,所有的翼龙嘴里都衔着一串串的奇珍异果。

"乖宝贝!"水冰月认出了翼龙群里的"乖宝贝"。

"是乖宝贝!"大伙都认出来了。

"乖宝贝"听到水冰月的声音,立即走上前来,将嘴里的一串奇珍异果放在她面前。哈,它要感谢救命恩人哩。

其余的翼龙看见了,也纷纷走到四个地球人跟前,把衔在嘴里的东西都轻轻地放在草地上,堆成了一堆……翼龙们眼里充满着善意和感动,嘴里还"嘎嘎嘎"地叫着,似乎在说:"谢谢,请收下!"——真是好可爱的异星生物!

四个地球人都喜不自胜地跟翼龙们"亲密接触":

木梨艳摘下翼龙送来的"礼物"送到翼龙们跟前,请它们吃;羿星与一只只翼龙亲切"握手"(说握翅膀似乎更贴切);水冰月与它们进行语言交流(虽然翼龙只会发出单调的声音),并好奇地研究它们的表情。一只翼龙趴下身子且不住地用尖喙拨弄木落胖乎乎的手臂,似乎招呼木落坐到它背上去,要带他到空中玩,而木落也仿佛明白了翼龙的意思,轻轻坐了上去。嗬,翼龙一扇翅膀,稳稳地飞了起来……

"姐,我又飞起来了!"木落喊。

"小心,千万不要掉下来了!"木梨艳叮嘱弟弟。

"放心,坐在上面好稳。"木落答。

载着木落的翼龙在空中稳稳地飞翔……一会儿箭一般地直刺过去,一会儿轻轻地滑翔下来,一会儿又缓缓地在空中

第二章 栖 龙

059

盘旋。

"太具诱惑力了！"木梨艳想。

真巧，一只翼龙似乎猜到了她的心思，在她身旁趴下身子，并用尖喙拨弄她的手臂……

木梨艳爱冒险的天性又显露出来了。她大胆地坐在了翼龙的背上，嘴里还说了声："起飞！"

翼龙听话地飞了起来。

"注意安全！"水冰月叮嘱木梨艳。

"不要飞太远了！"羿星也叮嘱她。

水冰月怕羿星也挡不住诱惑，忙对他说："我们可不要再飞上去了，这里还有这么多翼龙，我们要跟它们多交流。"

羿星表示同意。

"飞快一点，飞高一点！"木梨艳开心地叫着。

风呼呼地响着从耳际掠过去、掠过去……彩虹般的天空变得那样亲近，大地如画般摄入眼帘，心胸一下变得很宽很宽……

"好刺激啊！"木梨艳开心极了！

羿星握完了最后一只翼龙的"手"（翅膀），突然听见远远的空中似乎有呼叫声，猛一抬头，浑身的血液一下凝固了——他看见一只大嘴鸟正凶猛地向木梨艳所乘的那只翼龙扑去，那只翼龙拼命地向这边逃过来，木梨艳则慌得大叫着什么……

大嘴鸟越追越近，羿星急忙喊："木梨艳，不要慌，我

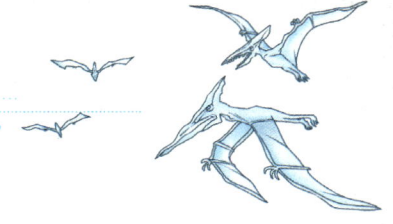

发射旋转弹对付大嘴鸟!"

羿星掏出太空枪,向大嘴鸟瞄准,但他始终不敢开枪。因为大嘴鸟追得紧,距离翼龙已相当近,自己枪法不够娴熟,这样弄不好会误伤翼龙或木梨艳,要是旋转弹误中翼龙或木梨艳,那后果就不堪设想了!这时,羿星看见地面上的十几只翼龙突然齐刷刷起飞,向两只大嘴鸟迎去。他想,它们一定是去迎战大嘴鸟,救助伙伴和木梨艳了,心里不由热热的。

载着木梨艳的翼龙已飞到河流上空,即将到达这里,但大嘴鸟已开始冲刺。眼看翼龙已来不及赶到这里降落,而群龙也来不及赶到那里与敌搏斗,情况要多危急有多危急……

"糟了,大嘴鸟张开大嘴了!"极度的惊慌让水冰月的声音都变了调。

这时,令人惊心动魄的一幕出现了,为摆脱敌人的攻击,载着木梨艳的翼龙突然一抿翅,从空中猛地直向地面的河流扎下去……"扑通!"翼龙和木梨艳都落进了河流里……

羿星和水冰月见状,飞似的向木梨艳落水的地方奔去。羿星奔到河边时,看见木梨艳正在水流中拼命挣扎——看来她不会游泳。羿星一纵身便跃进水里,奋力地向木梨艳游去……

水冰月不会游泳,急得团团转。她猛然听到空中响起凄厉的声音,一抬头看见那两只大嘴鸟跟一群翼龙正在恶斗。虽然大嘴鸟庞大、凶狠,但由于翼龙在数量上占优势,而且有以死相拼的气势,所以大嘴鸟一时占不到什么便宜。水冰月想,斗久了,翼龙肯定要吃亏的,要想办法帮助翼龙。

第二章 栖龙

地外诱惑

对,用旋转弹对付大嘴鸟。她想,虽然两者混战,但大嘴鸟体形庞大,容易瞄准,再说,即使万一旋转弹误中翼龙也没有性命之虞。主意一定,她当即抽出太空枪,瞄准空中的大嘴鸟"砰、砰"连发两枪,真准,两只大嘴鸟都被击中了,它们立刻在空中无法自控地旋转起来……

再说,羿星游到木梨艳身旁后,喊了声:"别紧张,我来了!"便开始施救。谁知木梨艳已经紧张得头脑空白,什么都听不进去了,就像每一个溺水者都不会轻易放过任何一根救命稻草一样,她两只手一下将羿星的左手死死拽住了……

羿星一下慌了:左手被紧紧拽住,自己可怎么施救啊,弄不好一起完蛋!他急得大叫:"快松手!"

木梨艳松了一只手,另一只手仍然拽住不放说:"我要沉下去了。"

"身子放松,不会沉下去的。"羿星边教木梨艳放松,边扶着她慢慢向岸边游去……

突然,羿星打了个冷战,脊梁骨蓦地一凉——他看见一只足有两米长的、脑袋像鳄鱼而身子却扁平而分节的、又像鳄鱼又像蜈蚣的生物,正露出狰狞的面目向他和木梨艳游来……羿星全身的寒毛都竖起来了:这要是游到跟前来,自己和木梨艳肯定被它给打了牙祭了。他右手急忙掏出太空枪,对准游过来的又像鳄鱼又像蜈蚣的蜈蚣鳄射出了一颗旋转弹,中弹的蜈蚣鳄立刻在原位旋转起来……

羿星正为击败蜈蚣鳄松一口气,却发现河面上的水异样地流动起来。他定睛一看,只见密密麻麻的蜈蚣鳄正从四面

八方包围过来……

他踩着水，尽量不让自己和木梨艳沉下去，同时又对逼近的蜈蚣鳄进行点射。他不敢随便乱射，怕太快把子弹打光，失去一切希望……

水冰月也在岸边不断地向逼近羿星和木梨艳的蜈蚣鳄发射旋转弹。

这时，那一群翼龙飞来了，"扑通、扑通"，从天而降，用自己的尖喙跟水里的蜈蚣鳄展开了激烈的搏斗。它们有的在水中迎战逼近羿星和木梨艳的蜈蚣鳄；有的在空中向蜈蚣鳄发起了攻击……顿时，河面上水花乱溅，红血横流……

羿星和木梨艳被紧紧地围在垓心，围住他俩的既有企图伤害他们的蜈蚣鳄，也有极力保护他们的翼龙……飞溅的水花迷糊了羿星的眼睛，由于要保护木梨艳不受伤害，不沉下去，而自己的左手又被木梨艳紧紧拽住，羿星感到自己的体力越来越不支，身子渐渐地往下坠……一种从未有过的恐惧袭上他的心头，但他心里同时有一个清晰而坚定的念头：只要自己没有沉下去，就不能让木梨艳沉下去……

就在这时，羿星听见空中传来水冰月的声音："挺住，我来了！"他抬头一看，只见水冰月坐在一只翼龙背上飞来，然后轻轻落到羿星身边的水面上。水冰月从手中的一串飘飞果摘下一颗塞进木梨艳口中，又摘下一颗塞进羿星口中……

嗬，绝招啊，羿星和木梨艳轻轻地飘离了水面，飘到空中，令人不可思议地脱离了血腥厮杀的河流……

第二章 栖龙

地外诱惑

羿星和木梨艳重又回到了草地上。水冰月早已从翼龙背上下来等着他们了。

木落也在等他们——刚才，翼龙载他到远处飞了一圈。

木梨艳两脚着地后见到水冰月第一句话就是："差点见不到你了！"

"你们没事吧？"水冰月仔细地打量木梨艳和羿星，"刚才我又吓哭了。"

"亏你不仅会哭，还会想到飘飞果，要不，今天不定就玩完了。"羿星感激地说。

"看你们浑身湿漉漉的，快到飞船上冲澡换衣服吧！"水冰月说。

"哎，翼龙都到哪儿去了？"木落惊奇地叫起来。

翼龙和蜈蚣鳄大战怎么样了？

众人急忙放眼河流方向，不看不知道，一看吓一跳——前一刻还是"龙鳄大战"、水花飞溅的河面，此时竟风平浪静，大群的蜈蚣鳄、二十多只翼龙全都像蒸发了似的，遽然无影无踪了！

河面如镜，一派安谧，仿佛刚才根本就没有发生过任何事情……

四个地球少年全都惊讶得就差怀疑集体幻觉了！

冲完澡换好衣服，已是栖龙星薄暮时分。四个地球少年便又兴致盎然地下了飞船，欣赏栖龙星傍晚的美景。

栖龙的傍晚，是不断变幻着的各种色彩强烈冲击着视觉

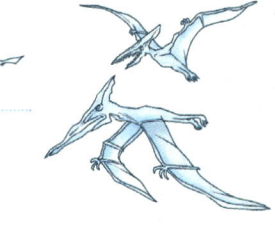

神经的时候。

　　天光虽已不似先前那样明亮，而头顶彩虹般的色彩却展示着一天中最后的辉煌；西天，也仿佛变成了大展台，一层一层地叠满了锦缎般五颜六色的云霞。霞光里，一群群体型不等、色彩各异的鸟类无拘无束翩然翻飞，就像是无数自由的精灵在尽情翱翔……

　　再看远远的山峦，色彩也像走马灯似的，一会儿深赭，一会儿麦黄，一会儿橘绿，一会儿又变成雪青色了……

　　这时的森林格外迷人。各色光线从空中流泻到色调不一的树木上，有的从树叶的罅隙中滑下来，使傍晚的林子，回映出一缕一缕若隐若现的淡紫色、柠檬黄、海棠蓝的薄光，就像人的眼睛隔着彩色透明糖纸看到的一样，迷离而虚幻……而空气中飘荡起怡人的清香，那是一种翠绿的青草的味道，一种洁白的玉兰的芬芳，同时还掺和着淡淡的像是灿黄色的菠萝的果味……于是，似乎连空气都有了色彩，猎猎地刺激着人的感官。

　　光线正加快速度地被收走，景物的色调在不断加深，层次也越发单调，尤其是树林子，更是溟溟蒙蒙了。

　　这时，四个地球少年发现，林子里的一棵树上闪着点点幽蓝的光，像是缀着一颗颗的蓝宝石。大家十分好奇，便跑过去察看。他们发现，原来一棵不到两米高的树上垂着一串串的果实，暮色中，这种果实竟闪耀着如蓝宝石一样的光芒。

　　"好可爱哦！"水冰月跳了跳，摘下一串果实来。大家都围过来看——这种果外形像星球，壳有花纹，如蓝色纸皮

第二章 栖龙

地外诱惑

核桃般。水冰月伸手摘下一个来,用力一捏,只听"啪"的一响,"蓝核桃"碎裂并漫出一股蓝雾。大家刚刚闻到一股香蕉味,便全都失去了知觉……

当他们四人醒过来的时候,只见天色越来越深了。大家都从草地上坐了起来。

"我们被麻醉了!"羿星对伙伴说。

木梨艳看了看时间:"还好,只被麻醉了十几分钟。"

水冰月揉揉眼睛,捡起草地上那串闪着幽蓝光亮的"核桃"看了看说:"谁会料到这么诱人的'蓝核桃'竟会麻翻人啊!"

木落幽幽地冒出一句:"我有所感悟,看来很多东西,单从表象是看不出它的真实面目的。"

水冰月脸上突然掠过一丝异样的神色。

"这话说得有哲理,"羿星在薄薄的暮色中伸手点了一下木落的鼻尖说,"你长大了不仅是个出色的食品推销员,还会成为哲学家。"

水冰月不安地说:"我差点给大家带来了麻烦。"

"这怎么能说是麻烦,"木梨艳把一只手搭在水冰月肩膀上,"要是你没有捏破它,我们还体验不到被异星植物麻醉的滋味呢,这次被麻醉的事,完全可以载入我们的太空探险大事记里。"

"哎呀,糟了糟了!"木落突然很夸张地叫起来。

"怎么啦?"大家忙把脸都转向木落。

"瞧我的肚子,饿瘪下去了!"木落拍拍自己的肚子。

"对啊,我们还没吃饭呢,上飞船,开饭!"羿星向着"飞鱼号"方向挥挥手。

"等一等,"木梨艳拦住大家,"这回是我们上栖龙星的第一夜、第一餐,可不能随随便便打发。"

"姐,你有何高见快说。"木落摇摇姐姐的手。

"我建议,开个篝火晚会,边品尝美味的太空食品和翼龙送给我们的栖龙星的水果,边欣赏栖龙星美丽的夜色,同时还可以即兴表演节目,大家说怎么样?"

"好!"大家对这个提议一致叫好。

"不过,"水冰月说,"刚才大家被麻醉的事让我心有余悸,翼龙送的那么多水果会不会有类似的危险品种?"

"我想大家不用担心,"羿星说,"一来我们要相信翼龙不会给我们送来有毒的东西,二来我们飞船上配有一种测毒电筒,有毒没毒,照一下就清楚了。"

"我有一个问题,既然是晚会,就该有主持人,今晚的主持人是谁啊?"木落说。

"我看木落就合适,大家说怎么样?"羿星环视了一下大家。

"同意!"水冰月和木梨艳立即举手赞同。

"你有信心吗?"羿星问木落。

"正中本人下怀!"木落胖乎乎的脸庞憨憨地笑着。

熊熊篝火在森林边上的草地上燃烧起来了,不远的地方是幽幽流淌的河流……

第二章 栖 龙

地外诱惑

火光映照着少男少女兴奋而忙碌的身影……

羿星忙着从附近树上采摘一些新奇的水果，补充到晚上的食谱中；木落忙着将冲洗好的水果和飞船上拿下来的美味食品一份份分好装到精美的器皿中，井然有序地摆列起来；水冰月用测毒电筒对一个个异星水果照来照去，进行检测；木梨艳则忙着为她的电吉他叮叮咚咚地试音，以便在晚会上奉献完美的节目……

"报告大家，栖龙星水果全都检测完毕，没有发现异常，请诸位放心享用。"水冰月开心地报告道。

"OK！"羿星打了个响指。

一切准备就绪，四人各就各位。晚会主持人木落像模像样地站起来宣布："篝火晚会开始，第一个节目，请自由王国国王流星语帅哥致辞——对不起，说明一下，王位是他自己幻想的，至今无人喝彩。"

大家都被木落的幽默风趣逗笑了。

"噼里啪啦……"大家左手拍右手。

羿星站起来，故作深沉地清了清嗓子，一本正经地开始致辞：

"各位朋友，在这迷人的夜晚，我们相聚在栖龙星的篝火旁，这是我们四个伙伴出走太空后在异星度过的第一个夜晚。它是如此的令人陶醉，我相信，这个美丽的夜晚一定会成为我们人生记忆中一颗难忘的珍珠。朋友们，愿我们在今后的旅途中同舟共济，更加团结友爱，不断积累更多这样难忘的珍珠，来串成我们人生记忆中最美丽最珍贵的项链吧！

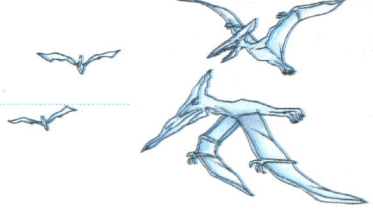

我提议，为我们旅途开心干杯！"

"噼里啪啦……"大家右手拍左手。然后，每个人都端起一杯太空爽口饮料一饮而尽。

木落又站起来宣布：

"第二个节目，品尝美食，并可上看下看，左顾右盼，欣赏栖龙星美丽的夜景。"木落说罢，顾不得主持人的形象，一弯腰摘下一个早已令他垂涎三尺的橙黄色酒瓶状的水果扔进口中，"叭唧"一咬，哟，敢情真的酒香四溢……

"朋友们，朋友们，"木落又激动地拿起一个橙黄色酒瓶状的水果说，"我现在向大家隆重推荐这种酒香果，它汁多、酒香、口感好，看过、瞧过，千万不要错过！"

哈，他又变成食品推销员了！

"好，我建议，待会儿要干杯的话都用这种酒香果！"羿星也摘了一个酒香果放进口中。

大家笑着开始动手又动口地享受面前的美味佳肴……

"哎，这种水果有可乐的味道，可好吃了！"

"这种外形像香肠的香肠果简直可以以假乱真！"

"哈哈，我吃到了冰淇淋果，瞧，就这种，整个儿跟雪塔冰淇淋没什么两样！"

青春的欢声笑语随着习习晚风在原野上飘荡着……

天空悄悄升起一轮圆圆的五彩的月亮，它轻轻洒下柔美的光辉，显得那样的温情脉脉，使四个地球少年平添了更多美丽的遐想……

吃饱喝足，木落抹抹嘴角又站起来当他的主持人了：

第二章 栖 龙

地外诱惑

"下面进行第三个节目,由有着水一样的灵气、冰一样的纯洁、月一般迷人的美少女水冰月给大家表演魔术和口技——《快乐叶鸟》。"

水冰月上场了,只见她礼貌地向大家莞尔一笑,然后走近附近的树林,摘了几片大大的五色树叶,回到伙伴当中。她开始将树叶在手上飞快地折起来,很快,一只身长约三十厘米、彩身长翎、用树叶折成的栩栩如生的鸟儿诞生了。水冰月将叶鸟放在左手掌上向大家展示了一下,然后右手拿起叶鸟往空中抛去,叶鸟一个跟头就栽了下来……

大家都睁大眼睛,看着水冰月如何演绎她的魔术和口技。只见她将叶鸟从地上捡起看了看,露出烦恼的神情,接着又装出开动脑筋的样子……她走过去,从树上摘下一颗飘飞果,向大家展示了一下,然后,张开叶鸟的嘴巴,将飘飞果塞进去。

水冰月又把叶鸟放在了左手掌上,并缓缓地让手升起来——奇迹出现了,只见水冰月手掌上的五彩叶鸟突然清脆地叫了一声,然后抖了抖翅膀一下飞了起来……

"啾啾……嘀哩哩……"五彩叶鸟在篝火晚会上空低低地盘旋,发出欢快悦耳的鸣声。自然,这鸣叫声是从水冰月的口中发出的,但奇怪的是,叶鸟的嘴巴居然会和着鸣叫声翕动……

嘀,飘飞果居然会让一只叶鸟真的展翅飞翔起来,并且听话地绕着晚会上空盘桓,不会飞到远方去。这魔术可把羿星、木梨艳、木落三人看得一愣一愣的,他们实在想不通其中的奥秘,只能拼命地鼓掌……

"嘀哩哩……哒哩哩……"叶鸟的鸣声越来越丰富,越来越婉转悠扬;鸟儿飞翔的姿态也越来越优美,越来越流畅了……

这时,树林里突然响起了密集的鸟儿的鸣叫声,还没等人们回过神来,只见"哗啦啦"地,从林子里飞出了许许多多五光十色的鸟儿。它们跟叶鸟一道在会场上空快乐地穿梭、回旋……它们的音调各种各样,体型有大有小,颜色五花八门,飞翔时千姿百态,但有一点是相同的——它们非常快乐!于是,叶鸟和异星鸟在空中谱写着一首首快乐的乐曲……

羿星、木梨艳、木落他们已经眼花缭乱了,早忘了面前的美味佳肴,他们的视觉、听觉对空中飞鸟之外的东西已经没有反应了……

十几分钟后,鸟儿的鸣叫声渐渐低落,突然,所有的鸟儿仿佛接到了什么命令似的,全都飞往林子里去了——连同那只可爱的叶鸟!

良久,大家还沉浸在这美妙的乐曲中,陶醉于鸟儿优美的飞翔里……

"水冰月姐姐,那只叶鸟呢?"木落打破了宁静。

"它从树林里来,又回到树林里去了。"水冰月的话里带些伤感,不知是不是因为叶鸟的飞去……

"鸟归树林,高兴事啊,不过,我怎么有些恋恋不舍的感觉?"羿星说。

"水冰月,没想到你这么心灵手巧,可让我大开眼界了,

第二章 栖龙

谢谢你精彩的表演。"木梨艳提议道，"来，我们大家敬你一杯。"

大家都举起一个酒香果。

"谢谢夸奖！"水冰月也拿起一个酒香果甜甜地笑了。

干完这一杯，木落又开始主持了："下面进行第四个节目，吉他弹唱《青春路口》，表演者：我的姐姐，括弧，一个魅力无限的阳光女孩。有请我姐闪亮登场！"

木梨艳款款登场。她自信而顽皮地摆了个优美的Pose，便开始弹唱起来——

沐浴着七彩的虹光
我们徜徉于青春路口
十五六岁的藤蔓上
开着花、开着梦
开着缤纷的期冀
……

木梨艳的吉他弹得那样好，她的歌声那样的甜美清丽，如春天明媚和煦的阳光，又如早晨清新甘美的空气……红红的火光映照着她姣美的脸庞，也映照着她美丽的青春。今夜，她分外妩媚！

伙伴们被她的歌声深深地感染了，也情不自禁地跟着她一起唱起来——

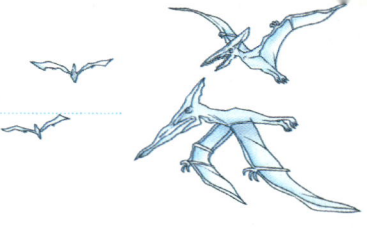

前方的路茫茫苍苍、好远好远
路标不再轻易地跳入我们的眸波了
可我们却不能不往前走
……

水冰月已经按捺不住自己的激情了,她说了声:"我来伴舞!"便来到会场中央随着歌声、琴声轻舞飞扬……

奇异的现象发生了——附近的林子里突然飞出了无数美丽的蝴蝶。这些蝴蝶或大或小,大如巴掌,小如铜钱,却都是五彩缤纷,一色的闪着荧光。它们随着习习晚风,随着曼妙的歌声、琴声,随着水冰月的舞蹈,在篝火晚会会场的上空翩跹起舞,就像参加一场心仪已久的舞会。而且,从四面八方还有新的荧光蝶不断加入这场空前热闹的舞会。它们密密匝匝,舞姿优美,兴奋无比。它们从森林中带来了奇异的野花的气息,让晚会会场的空气中弥漫着一种醇美的芬芳……

少男少女们更是激情澎湃了,他们更加动情地唱着——

走吧,年轻的朋友
蹚过雨的氛围
融进春的意境
走向圣洁的追求
不要辜负了那片明媚
不要害怕那星星雨点
不要踯躅在蛛网拦住的小径上

第二章 栖 龙

地外诱惑

……

这一夜,他们唱了很多很多的歌;这一夜,他们品尝了很多很多异星的奇珍异果;这一夜,他们尽情抒发着青春激情;这一夜,四个少男少女在酒香果的作用下全都沉醉在异星的原野上……

天亮的时候,水冰月第一个醒过来。她坐起身看了看四周,突然惊恐得几乎要晕过去。她急忙摇醒了另外三个伙伴。

少男少女们全被眼前的景象惊呆了:

四下一片狼藉,横七竖八的,满是翼龙和蜈蚣鳄的尸体。翼龙们有的被咬断了脖子,身首异处;有的翅膀还被蜈蚣鳄咬在嘴中,血满鳄口;有的腿部被蜈蚣鳄咬住,而翼龙的尖喙也插在对手的眼窝里,同归于尽……蜈蚣鳄呢,大部分都被啄瞎了双眼,剩下空空的眼窝,而它们的身体也是东一个窟窿,西一个伤口,血水横流……总之,所有死去的翼龙和蜈蚣鳄全都是遍体鳞伤,惨不忍睹……

可以想象,昨夜,就在四个少年沉睡时,这里发生了怎样惨烈的生死搏斗啊!

木梨艳突然看见了"乖宝贝",它也倒在了血泊中。她一下扑在了"乖宝贝"身上"呜呜"地哭起来……

"它们是为了保护我们才死的啊!"木梨艳悲痛万分。

水冰月、羿星、木落也全都哭了……

朴实善良的翼龙,忠于友情的翼龙,舍己救人的翼龙,它们的壮烈死去令少男少女们痛彻肺腑……

"我们要把它们好好地掩埋掉,我们要永远记得翼龙的

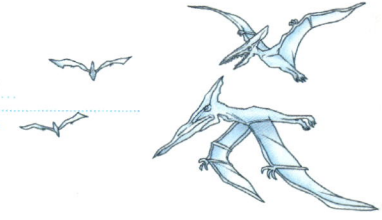

真情！"木梨艳拭着眼里的泪水对伙伴说，"我们一起到飞船上取挖土坑的工具吧。"

他们默默地走向飞船，谁也不多说一句话，心情很沉重。

正走着，蓦地，空中传来翼龙急促的叫声。大家抬头一看，只见一只小翼龙慌里慌张地从树林上空飞过来，嘴里急促地叫着……

羿星以为小翼龙可能被大嘴鸟追赶或发警报说又有蜈蚣鳄来袭，忙掏出太空枪准备迎战。然而，他们没有发现大嘴鸟或蜈蚣鳄，却发现远方一个飞行器正向这边飞过来——是鲨鱼形飞船，它竟然追到这里来了。小翼龙正是向他们报告危险的来临。

"'鲨鱼'追来了，快跑到飞船上去！"羿星拉起木落的手带着大家迅速奔向"飞鱼号"。

就在"鲨鱼"即将飞临"飞鱼号"上空时，"飞鱼号"腾空而起，进入了飞行状态。

"飞鱼号"急速地向太空遁去了……

第二章 栖龙

第三章 紫龙

浩浩太空，"鲨鱼"紧紧咬住"飞鱼号"不放……

"'鲨鱼'紧追不放，我们甩得掉它吗？"木落担心地问正操控飞船的羿星。

"不用怕，我们的'飞鱼号'性能非同一般，会甩掉'鲨鱼'的。"羿星镇静地答。

"我们听听看，'鲨鱼'对我们有什么话说。"木梨艳伸手打开了扬声器。

扬声器很快就响起来："'飞鱼号'，我是'鲨鱼'，现在我请你们立即随同我们一起返航！"

"'鲨鱼'，我们会返航的，但我们的旅程才刚刚开始，不能返航，请谅解我们的行为，不要再追我们了。"木梨艳当即做了答复。

"不行，这是上峰的命令，我们只能无条件服从，请立即返航！""鲨鱼"的口气不留任何余地。

"看来'鲨鱼'是不会放过我们了，"木梨艳对羿星说，"我们能不能启动空间变换器脱身？"

"我老爸说空间变换器存在设计和程序上的缺陷，使用

时可能随时出现不堪设想的后果，所以我们不到万不得已不要随便动它。"

"会不会是你老爸吓唬你？"

"不会，我老爸从不骗我。"羿星肯定地回答。

"飞鱼，请立即随我们一起返航，否则，我们将采取行动了！""鲨鱼"的措辞又严厉了一层。

"请问，你们将采取什么措施？"木梨艳想探一下对方的虚实。

"我们不会攻击你们，但将采取相应的俘获飞船手段。请你们慎重考虑。这种俘获手段存在极大风险，你们是未成年人，我们本不该冒这个险，但如果不冒这个险，听任你们驾船而去的话，将置你们于更危险的境地。另外，你们拿走羿日院士刚发明的成果，万一落入他人手中，后果不堪设想。你们还是尽快返航吧！""鲨鱼"苦口婆心地劝导。

"对不起，我们主意已定！"木梨艳"啪"地关掉扬声器。

"飞鱼号"又加快了速度。

然而，"鲨鱼"也不是等闲之辈，它仍然紧紧咬住"飞鱼号"，一刻也不放松……

这时，"鲨鱼"向"飞鱼号"迅速靠过来……

羿星想，它一定打算施展俘获手段了，正打算规避，却不料对方突然发射出一条柔柔、长长的前端带钩的"绳索"，一下钩住了"飞鱼号"的左翅。"飞鱼号"就像一只突然被钓钩钩住的飞鱼一样暴躁起来，整个身子猛烈地甩动着，似乎非常愤怒地要甩掉钓钩似的。要不是飞船里的乘员早已让

第三章 紫龙

地外诱惑

座椅进入强化安全模式，非被甩得满舱打滚不可。

"船长，我们的飞船会不会被甩散架了啊？"木落脸色已经白了。

"不会的，他们不会故意伤害我们。"羿星像是安慰伙伴，又像是安慰自己。

渐渐地，"飞鱼号"不那么暴躁了。

羿星定了定神，透过监视器，看见从"鲨鱼"射过来的那条柔长的"绳索"还是死死钩住"飞鱼号"的左翅。

糟了，被"鲨鱼"粘上了，得赶快想办法甩掉它！

然而，不论"飞鱼号"采用什么技术手段，"鲨鱼"都如影随形，因为那条柔长的"绳索"已经把两艘飞船紧紧并连在一起……

怎么办，要是不能与"鲨鱼"脱钩的话，那么就只能听任它把"飞鱼号"拖回去了。

势态相当严重！

"流星语，你刚才说不到万不得已我们不要随便动用空间变换器，现在恐怕已到了万不得已的时候了！"水冰月显然希望启动空间变换器。

羿星看了看监视器说："不行啊，'鲨鱼'和我们已连成一体，要是启动空间变换器的话，它也将与我们一起进入四维空间，而那样依然甩不掉它。"

"流星语，你控制好飞船，我和水冰月查询一下我们的防卫系统，看看有没有破解的办法。"木梨艳说罢，急忙和水冰月在《飞鱼指南》上头挨头地查询起来并紧张地低声议

论着……

"只能尝试一下这种办法了,"木梨艳说,"刚才我和水冰月查询过了,已研究了破解的办法。是这样的,为使防卫滴水不漏,我们'飞鱼号'的尾翼也都配备了强大的防卫武器,其中有一种激光炮,正可派上用场。"

"你是说用激光炮轰断那条'绳索'?"羿星已明白了木梨艳的意思。

"对,"木梨艳继续说,"这种激光炮射出的激光弹击中目标后会在瞬间产生超高温,我想,那条'绳索'必断无疑!"

羿星犹犹豫豫地说:"好是好,就怕弄不好误伤了'鲨鱼'。"

四个少年显然都明白激光弹击中"鲨鱼"的后果,一时都静默无语。

"难道就这样被'鲨鱼'乖乖拖回去?"木落含蓄地表达了自己不希望被"鲨鱼"拖回去的意见。

"我想我们通过防卫系统的计算机精确计算和瞄准,使射出的激光弹绝不误中'鲨鱼',大家看怎么样?"羿星说出自己的看法。

"同意!"没想到大家竟同声赞成并跃跃欲试,显然羿星把话说到大家的心坎里了。

"那好,水冰月你负责警示系统,木梨艳,你来操控飞船。你先找好我们要去的目标坐标,我发射的激光弹击毁目标后,我们就立即让飞船进入谐波时空隧道,甩掉'鲨鱼'!"羿星吩咐道。

第三章 紫 龙

"我呢,我负责什么?"木落想捞点事做。

"你在座位上坐好,保护好自己就可以了。"羿星说罢,"扔下"木落,立即选好防卫武器,并全神贯注地在系统的计算机上操作着……

"木梨艳,你找好目标坐标了吗?"羿星转脸看看木梨艳。

"找好了,在一百二十万光年的天边星系。"

"好,我准备发射激光弹了。"

"嗖!"飞鱼尾翼的激光炮射出了激光弹,真准,钩住飞鱼左翼的"绳索"一下断开了。

"断喽,断喽!"大家顿时欢呼起来。

木梨艳立即摁下BBB键,让飞船进入谐波时空隧道。像上一回一样,"飞鱼号"所有乘员感到瞬间沉入了深深的海底……窗外出现了密密点点的光影。这些光影就像金色的小蜜蜂,飞舞着、飞舞着……忽地,空中点燃了瑰丽的色彩,如节日缤纷的礼花……而飞船两旁的舷窗外不断地掠过一道又一道亮丽的光线,就像无数五颜六色的飘带呼啦啦地从飞船两边快速地飘过去、飘过去……"飞鱼号"飞船在由缤纷的礼花和美丽的彩带组成的隧道中梦幻般地穿行着……

"嘟、嘟、嘟……"万万没想到,刚进入时空隧道不久,警示系统就发出了警示。

"一定是有人进入我们的谐波时空隧道了!"水冰月紧张地说。

"注意监视器,深度搜索!"羿星对水冰月说。

"'鲨鱼','鲨鱼'又追来了!"水冰月叫了起来。

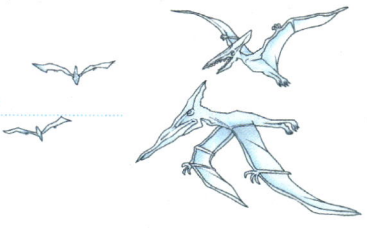

大家的目光全都关注到监视器上来——"鲨鱼"追上来的速度太快了，按理，启动BBB键进入谐波时空隧道后，飞船只能循着已设定的程序运行，倘若随便更改飞行状态，极易发生意外事故。然而，"鲨鱼"似乎在不断加速，并且迅速追上来咬住了"飞鱼号"。显然，"鲨鱼"操纵手的技术比羿星他们高明多了。

"鲨鱼"与"飞鱼"的距离越来越近，越来越近……

羿星的汗水又下来了，他的神色越来越凝重……

"不知道'鲨鱼'这回又会施展出什么俘获手段。"木梨艳说出了大家共同的担忧。

"可不能再被俘获了，要再被俘获的话，恐怕……"说到这，木落见大家一个个脸上阴云密布，便知趣地住了口。

羿星擦了一把脸上的汗水，像是下了很大的决心说："要先下手，否则等他们出手就晚了。"

"要对'鲨鱼'使用攻击性武器吗？"木梨艳警惕地问。

"不是，"羿星说，"我记得父亲说过，这飞船有一种神奇的冷冻弹，对方飞船被冷冻弹击中后会在空中瞬间停止，并被持续冷冻二十分钟，无法行动。我想'鲨鱼'如果能被击中而停止二十分钟的话，那我们就可以逃之夭夭了。"

"太妙了！"木落几乎要从座椅上跳起来。

大家的情绪一下高涨起来……

木梨艳又情绪高昂地指挥开了："流星语，你准备发射冷冻弹，我来操纵飞船，快点，不然又被'鲨鱼'抢先了。"

"好嘞！"羿星在防卫系统上操作起来……

第二章 紫 龙

地外诱惑

"咚！咚！""飞鱼号"连着向"鲨鱼"发射出两颗冷冻弹，不料却被"鲨鱼"巧妙地躲避了，炮弹根本没碰到"鲨鱼"的身子！四个少年全都傻眼了，他们压根没想到"鲨鱼"的规避系统这么强大。

"咚！咚！"羿星不死心，又发射了两颗冷冻弹，然而照样被"鲨鱼"躲避了……

这一招失败了！而这一招的失败，显然预示着结局的不妙。

大家只能眼睁睁地盯着监视器，等待着"鲨鱼"出招！

"鲨鱼"又急速地靠近来了，它突然撒出个银闪闪的鱼网状的东西，"嗖"地向"飞鱼"抛过来……

完了，要是被它网住，那连激光炮都无用武之地了。少年们顿时目瞪口呆了。

说时迟，那时快，突然，空中缤纷的"礼花"不知为什么全都变成五彩而半透明的大块大块的冰块一样的东西往下砸……眨眼间，飞船就动不了了，因为它上下前后左右全都堆满了大块大块五彩的"冰块"了。

"谐波时光隧道塌方！"水冰月惊叫起来，"《飞鱼指南》上说，要是在时光隧道发射炮弹，极易引发隧道塌方，没想到，塌方真的发生了。"

"这可怎么办？"木落好紧张。

没有人回答他的问题，因为谁也不知道该怎么回答。

木梨艳不死心地用各种办法操纵飞船，可"飞鱼号"简直就像是一只被五彩的冰块冻结起来的"飞鱼"，丝毫不能

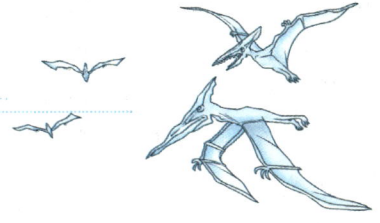

动弹。它已经被塌方物紧紧堵在了时光隧道里，进不能进，退不能退，上天不易，入地无门。

"看，'鲨鱼'也被塌方物困住了！"水冰月有点幸灾乐祸地说，"活该，谁让它死死追赶我们！"

是的，从监视器上可以看到，"鲨鱼"也跟"飞鱼号"一样成了被冰冻起来的海鱼了！

"《飞鱼指南》上说，遇隧道塌方，唯一的解救办法就是呼叫救援飞船前来清理塌方物，否则，休想摆脱。"水冰月不愧是个做事能手，内容繁杂的指南她居然研究得这么透。

"'鲨鱼'肯定会呼叫救援飞船来清理塌方物，问题是救援船来了，我们就铁定要被拉回去了。"木梨艳担忧地说。

"船长，你老爸是院士，你脑袋也肯定灵光，就再想想办法吧！"木落为羿星打气。

羿星耸耸肩膀，做出无可奈何的样子。

"你们看，"木梨艳脸上突然露出欣喜之色，"'鲨鱼'撒出的网还没有网到我们，我们可以启动空间变换器啊，我们现在绝对是到了万不得已的时候了，对不对，流星语？"

"嗯，"羿星赞同地点点头，"只好走这步险棋了。"

他又看了看水冰月和木落，问："你们有什么高见？"

"没有。"水冰月摇摇头。

"我的高见是，我们要立即启动空间变换器逃走，免得我们走到哪儿，'鲨鱼'跟到哪儿。"木落很认真地发表高见。

"连木落小弟弟都变得这么勇敢了，我们还犹豫什么？"羿星又伸手点了一下木落的鼻头，"大家做好准备，我要启

第三章 紫 龙

地外诱惑

动空间变换器了。"

羿星打开固定在控制台上的空间变换器的盖子。

"开始!"羿星说着,摁下了白色键钮。

飞船猛然颠簸起来,所有乘员都突然有一种眩晕的感觉,就像曾经体验过的一样,车窗外荡漾着蓝湛湛的海水……水里盛开着奇异的浪花……浪花倏然间消失得无影无踪了……

这回羿星有经验了,他立即操纵飞船向前一跃,哈,轻轻松松就从五彩的冰块中挣脱出来了……

"我们出来喽!""我们胜利喽!"……船舱内一片欢呼声。

飞船摆脱了塌方物的羁绊,向着设定的星域疾驰……

"天边星系到了!"羿星对大家说。

"一百二十万光年啊,这么快就到了,啧啧,真是令人难以想象!"水冰月啧啧称叹。

这回"鲨鱼"肯定找不到我们了。羿星心里松了一口气,摁下黑色键钮,退出了四维空间,回到三维空间……

"有情况!"负责警示系统的水冰月突然叫道。

"什么情况?"大家一下都围过来。

"看!"水冰月将捕捉到的微弱的可疑信号进行深度处理,渐渐地疑点显现出来——在这个星系的一颗行星的外层空间,出现数十个飞行器……

"外星人会不会已经发现了我们,派飞行器来拦截?"水冰月猜测道。

"或者,是派飞船来欢迎我们?"木落想得很乐观。

"飞近一些看看怎么样?"木梨艳对羿星说。

"好。"羿星调整了飞船的方向……

近了,近了……虽然与目标尚距离一千万公里,但监视器上已经可以十分清晰地看到那些飞行器的模样了。这些飞行器的形状主要有两类,一类呈菱形,一类呈三角形,而且明显分成两方,菱形一方,三角形一方,它们正麇集在一颗行星的近外空间。

它们到底要干什么?大家正猜测着,突然,那架最大的三角形飞行器向最大的那架菱形飞行器射出了一颗火红的炮弹。这下不得了,转眼间,双方就猛烈地交上了火……

太空中,光点闪烁,烈焰耀眼……

"他们在战争!"水冰月说。

"这么远的地方也有战争。"木梨艳摇摇头。

"我们要不要过去劝架?"木落问羿星。

"怎么劝啊?"羿星反问木落。

木落眨巴眨巴眼睛答不上来。

一时,大家无语。确实,对被喻为"用牙齿解开政治上的结"的战争,地球上无数的政治家、伟人都没有想出消除良方,况且,这次遇到的是外星球的内部战争,他们几个乳臭未干的少年,哪有那么大能耐令他们双方迅速化干戈为玉帛呢?

"我们还是走吧,我最讨厌战争了!"羿星最先打破沉默说,"还是找一个没有战争的星球走走。"

第三章 紫 龙

本台最新消息,中午时分,紫国一架怪模怪样的飞行器悍然侵入我国领空,我国防空部队立即予以迎头痛击,敌飞行器被击中后仓皇坠入龙山中。目前,有关方面正组织人员开展大范围搜捕行动。

这是紫龙星上的龙国电视台播发的一则新闻。

其实,被炮火击中而坠入龙山的并非紫国的什么飞行器,而是羿星他们所乘的"飞鱼号"。

这是怎么回事呢?

原来,四个地球少年在决定远离正在进行战争的那个星球后,通过探测器发现天边星系内还有一颗比地球体积大一倍,但质量、动力加速度、大气成分、地理环境等与地球高度近似的星球,便决定到这个星球瞧瞧。

这个星球正是紫龙星。

"飞鱼号"穿越紫龙星的大气层后,就像当初穿越栖龙星的大气层后一样,优哉游哉地在紫龙星的空中缓缓飞翔,贪婪地浏览这个星球的山山水水、地形地貌……

令他们印象最深刻的是这个星球上的紫色。

先说森林,这个星球的森林的颜色与地球上的森林的颜色太不一样了。地球森林主要的色谱是绿色,而这个星球的森林主要色谱却是绛紫色,当然,被茂密的森林所覆盖的山脉也就呈绛紫色了;再说河流,地球上河流的水是碧绿色,而这个星球上河流的水却是浅紫色的,从空中往下看,柔美、

闪着光泽的河流就像浅紫色的绸缎一样富有质感。此外，草原、大地等主色调也都是迷人的浅紫色。

令羿星他们喜出望外的是，他们发现这个星球上有着文明世界——井然有序的城市、零星散落的村庄……不时扑入视野……

"我们可以跟外星人交流了！"木梨艳高兴地拍起手来。

"哎呀，我肠子悔绿了。"木落叫道。

"怎么啦？"大伙以为出了什么事，都关切地问。

"早知道我们会到外星人的星球访问，我一定会准备几件礼物送给外星人的。"木落很认真地说。

"我说你就只知道吃了吧，"羿星说，"敢情《飞鱼指南》你没看进去啊。"

木落瞪大眼睛问："《飞鱼指南》说什么来着？"

"你问水冰月姐姐，她准知道。"羿星笑着说。

木落忙转脸看着水冰月。水冰月说："'飞鱼号'的设计者考虑得很周到，《飞鱼指南》上说，'飞鱼号'的储存库里备有礼品，就是用来在太空中遇到外星人时送给他们以表达友好之意的。"

"太好了！那我们先到储存库里挑一下，看看拿什么东西送给外星人。"木落说着就从座位上站起来。正在这时，飞船猛烈地震颤了一下，木落一个趔趄摔在了地上。

"怎么回事？"木梨艳叫起来。

"飞船的右翼出现了一个洞，"水冰月看着监视器说，"飞船被攻击了！"

第三章 紫 龙

地外诱惑

"赶快启动防卫系统！"木梨艳边向羿星喊着边忙着把木落扶起来。

"防卫系统已启动，规避系统也已运转，不要慌！"羿星安慰大家。

这时，"嗖嗖嗖……"地面又向"飞鱼号"射来一发发的导弹。但由于"飞鱼号"已启动规避系统，所以，所有射向"飞鱼号"的导弹都偏入空中去了……

然而，由于飞船的右翼被击伤，开始不稳定起来，船体不时颤动一下，颤动一下……

"怎么办！"众人都看着羿星。

羿星说："先找个地方降落下去，检查和维修一下飞船，不然，挺危险的。"

于是，"飞鱼号"便在一座树林茂密的大山中找了个山坳，紧急降落下去……

"我们太大意了，看来应随时随地让飞船的规避系统处于工作状态才对。"

"谁会想到外星人会这样啊，太可怕了，怎么不分青红皂白就向我们发射导弹？"

"我们还正打算向他们赠送礼物呢！"

"也许外星人不知道我们对他们是友好的。"

……

四个地球少年呱啦呱啦议论个没完……

羿星让飞船在山坳中停稳，然后观察了一下周围的情况，见没有什么不安全的迹象，就对伙伴说："我们立即下去检

查飞船受伤情况，注意：一要拿好梯子、维修箱等设备；二要戴好太空盔，带上玄通灵和太空枪；三要注意安全，发现周围有异常情况大家应立即返回飞船。"

"是！"木落搞笑地敬了个礼。

羿星吩咐完毕，大家立刻到维护设备室取了梯子、维修箱等设备，来到飞船外开始检查飞船右翼受伤情况。

"能具体分点事给我做吗？"木落见羿星没有分配具体的任务给他，说话了。

"暂时没有。"羿星说。

"那我就在附近看看风景，顺便看看有没有什么好吃的野山果。"木落指了指周围的山林。

"看看可以，但周围都是茂盛的树林，你千万不要跑太远，以免迷路或是遇到猛兽。另外，不要随便摘野果吃，小心中毒！"木梨艳一口气交代了两个重要要求。

"放心，我身上带着防卫武器和玄通灵呢。对了，我去取一下测毒电筒，这样就可以放心大胆品尝异星的野山果了。"木落高兴地跑回"飞鱼号"找测毒电筒了。

"馋猫！"木梨艳对着木落的背影说道。

羿星和水冰月都笑了。

"水冰月，你不是会修理很多东西吗，这回全看你这个修理专家了。"羿星对水冰月说。

"放心，我不会放过这个展示自己风采的机会的。"水冰月丝毫不客套和谦虚。

检查和维修工作在紧张地进行着，虽然周围的异星风光

第三章 紫 龙

地外诱惑

是那样的吸引人，但羿星、木梨艳和水冰月三人却没有心思欣赏。他们明白，如果不及时修好飞船，危险将随时降临。

"总算检查好了。"水冰月抬手捋了捋秀发，抬起头。

"怎么样，能修理吗？"木梨艳问。

"没问题，《飞鱼指南》特别提到一种纳米自动修复材料，这次正好派上用场，喏，维修箱里已经备好了。"水冰月胸有成竹地说。

羿星急忙打开维修箱，水冰月取出了那盒纳米自动修复材料，专心致志地修理起来……

"好了。"水冰月长长舒出一口气。

"你真不愧是个心灵手巧的人。"羿星忍不住赞扬了水冰月一句，又转过脸对木梨艳说："看来当初你拍板把她收入我们的探险队伍是高瞻远瞩啊！"

"别贫嘴了。"木梨艳笑着说。

羿星边整理维修箱边说："飞船修好了，下面我们就向木落学习，看看异星风光，顺便看看有没有什么好吃的野山果吧。"

"哎，木落呢？"木梨艳放眼四周找寻起来……

木梨艳这么一说，羿星和水冰月也都忽然想起，在他们忙着维修飞船的时间里，确实都没有听到木落的声音。

"这馋猫，一定是到树林里找野山果了。"羿星笑着说。

"木落！"木梨艳大声地喊。

"木落！"山谷回音。

木落没有回答。

090

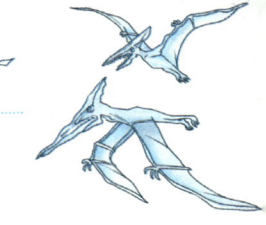

"木落!""木落!"……三人在周围扯着嗓子紧喊,依然只有山谷的回声……

"会不会跑到飞船上睡觉去了?"水冰月说,"我们到飞船上看看,顺便把维修箱什么的拿到飞船上。"

然而飞船上根本就没有木落的影子。

"木落他到哪儿去了……"木梨艳说着,眼泪不由自主地涌出来了。

"木梨艳你别哭……"水冰月嘴里劝木梨艳别哭,可自己的眼泪也扑簌簌落下来。

"别紧张,我们不是有玄通灵吗?"羿星急忙取出玄通灵开始呼叫木落。

然而,木落没有任何回应,甚至,连玄通灵都不处于工作状态。这太怪了!三人开始意识到事态的严重性,便进入周围的密林疯找起来。他们找了老半天,仍然没有木落的任何音讯。

天色逐渐暗淡下来了,森林里光线更是朦朦胧胧起来。

三人的心里已经慌得不能再慌了,他们都在心里反复呼唤:木落,你究竟在哪里?

突然,水冰月喊了声:"等一等,前面有动静!"

羿星和木梨艳忙驻足静听,果然,前面的树林隐隐有脚步声和树叶的沙沙声。

会不会是木落?木梨艳忍不住了,朝声音方向大喊一声:"木落!"

"叽哩呱啦,乌噜哔嘎!"前面响起一串木梨艳他们听

第二章 紫 龙

地外诱惑

不懂的语言。

　　三个地球少年愣住了。但是，他们很快就又听到对方的声音："前面有声音，一定是紫国佬，快追！"

　　这回木梨艳他们之所以听懂了外星人的话，完全是由于他们戴着神奇的太空盔。这种太空盔配有神奇的语言交换器，遇到外星人时，只要听到外星人的第一句话，那么从第二句话开始，交换器就会自动把外星人的语言翻译成地球人听得懂的语言，同时，也会把地球人的语言翻译成外星人听得懂的语言，通过太空盔的传声筒传给外星人。

　　羿星的头皮一下就麻了，糟了，遇到外星人搜捕队了。

　　"在那里，我看到了！""别让他们跑了！""他们才三个人，活捉他们！"突然，呼啦啦涌出一群穿着黑、白、橙三色相间制服的外星人，他们边喊边往这边逼来。

　　"快跑！"羿星急忙拉起吓得愣怔在那里的木梨艳和水冰月往回跑……

　　"那木落呢？"木梨艳还不死心。

　　"哎呀，回头再想办法了，要是外星人是食人族，被逮着了我们就什么都完了，还怎么找木落？"羿星边跑边说。

　　外星人在后面紧追，树林响着一片沙沙的脚步声。

　　出了树林，便是那个山坳了。羿星三人已经上气不接下气了，仍然咬着牙往飞船停泊处跑去。

　　忽然，他们听见后面的空中一阵呼啦啦的声响，急回头，却见外星人居然能够像鸟一样张开翅膀飞起来并且很快就扑了过来……羿星急忙向领头扑下来的那个外星"鸟人"射出

一颗旋转弹,那个"鸟人"立即在空中旋转起来,其余空中和地面的外星人都被震慑住了,一时不敢贸然扑过来……

趁这个机会,羿星三人迅速上了飞船。舱门合上,"飞鱼号"呼地垂直升空了……

"飞鱼号"处于自动驾驭状态。

飞船外,暮色深沉;飞船内,羿星、木梨艳、水冰月三人围坐在餐桌旁。餐桌上,摆放着水冰月给大家弄好的饭菜。然而,三个人谁都没有动一下餐具。

泪痕,写在木梨艳和水冰月美丽的脸庞上;羿星神色凝重,半晌无语。三人都为木落的下落不明而忧心如焚、愁肠百结……

"我看木落不会有生命危险。"羿星打破沉闷的空气。他见木梨艳和水冰月没有答话,便接着说出理由:"木落身上带着防卫武器,假如遇到猛兽的话,他必定会用防卫武器保护自己,太空枪和激光剑对付任何野兽都足够了!"

"会不会被猛兽……"木梨艳的泪又涌了出来,她拭拭泪水,"被猛兽突然袭击,来不及拔出防卫武器就……"她说不下去了。

"我想不会,"羿星说,"万一,假如木落突然被猛兽伤害的话,那他身上的玄通灵一定还处于工作状态,而现在,他的玄通灵并没有处于工作状态。"

"如果不是被猛兽所伤害,那恐怕就是被外星人掳去了。"水冰月心情沉重地说。

第三章 紫 龙

地外诱惑

"有可能,但也没准,"羿星说,"如果遇到外星人来捕捉,木落怎么会不向我们发出求救信号呢?再说,如果被外星人掳去,玄通灵被关掉的话,我们打过去,也一定会有'已关机'的语音提示啊!"

"那依你看,木落究竟去了哪里?"木梨艳充满希望地望着羿星。

羿星沉思了一下说:"我认为最大的可能性就是,木落在树林里寻找野山果时迷路了。"

"可是,如果迷了路,他为什么不用玄通灵跟我们联系呢?"木梨艳提出疑问。

"这,"羿星挠挠头皮,"确实无法解释,不过,或许玄通灵突然失灵了也未可知。"

又是一阵沉默。

"我看,不管怎么样,我们明天一早就先到那片森林里仔细找找看。"羿星说。

这一晚,三人翻来覆去议了老半天,也得不出个无懈可击且令人信服的结论。不过,最后大家还是一致同意按羿星的意见办——明天一早到那片森林里找寻木落。

天色刚明,羿星他们三人就驾着"飞鱼号"飞临昨天木落失踪的那片山林的上空了。

羿星通过监视器仔仔细细地搜索了一下,没有发现什么不安全的迹象,才放心地把"飞鱼号"降落下来。这回,他把"飞鱼号"停泊在几棵枝叶繁茂的参天大树之间,以便于

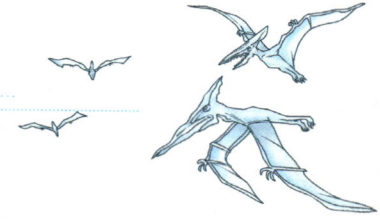

借树林来隐蔽飞船的身影。

羿星、木梨艳、水冰月"全副武装"地从飞船上下来了。这次，三人做了充分的准备。考虑到外星森林情况不明，危机四伏，他们三人都穿上了防护背心，同时，太空盔、太空枪、激光剑、玄通灵等一样不少。水冰月还带了个小救助包。

清晨的大森林，晨光从枝柯间穿透下来，鸟类、昆虫们都醒了，开始在林子里活跃起来，鸟类的歌声和昆虫的鸣声交集成一片；而植物们似乎刚刚用夜露擦了一把脸和身子，在晨风中展颜而笑，清清爽爽地迎接新的一天。不时，不知从什么地方冒出来一缕缕薄纱似的若有若无的紫雾，飘过来，荡过去，让人觉得大森林是那样的神秘莫测。

羿星、木梨艳、水冰月三人闯入大森林寻找木落了。举目四望，满眼尽是高高低低、新奇怪异的各种树木、花草、藤蔓……但是，今天他们三人都没有半点心思欣赏这些异星植物，他们心里只有一个念头——尽快找到木落！森林里根本就没有现成的路，地面铺着厚厚的落叶，踩下去，感觉就跟踩在草垫上一样松软。他们在树林里小心翼翼地穿行，并且不时地喊着木落的名字。然而，走了好久好久，喊了一遍又一遍，却始终没有获得木落的回应，大家的心情越来越沉重……

树林越来越密，路也越来越艰难，尽管如此，为了能够找到木落，他们谁也没有叫一声苦。

这时，水冰月看见林间有一条天然形成的直直的小道，小道的地面上长满了草。那些草呈蓝紫色，一根根细长而柔软。

第三章 紫 龙

地外诱惑

"那有条小道，我们往那边走！"水冰月招呼着大家，自己第一个走了过去……

嗬，可比刚才深一脚浅一脚地跋涉好走多了。

"舒服！"羿星说了声，话音未落，只听走在前面的水冰月惊恐地叫起来："哎、哎，我的脚，我的脚……"

羿星急忙往前看，还没等看清水冰月究竟发生了什么事，就觉自己的脚突然挪不动了。他低头一看，吓一大跳，那些刚才瞅着挺柔美顺眼的紫草竟突然都像章鱼的腕足似的，张牙舞爪地缠住了自己的脚。这些"腕足"竟然像是吃了速长灵药的有血有肉的生命体，快速地越长越长，越缠越紧……

"哎呀，我们撞上食人草了！"木梨艳惊恐的声音。

"我的手脚被捆住了！"水冰月摔在地上发出痛苦的求救声。

缠在羿星身上的紫草还在疯长紧缠。羿星忙用手去扯，试图把食人草扯掉或扯断，可那些食人草却像真的章鱼的腕足似的滑腻而极富柔韧性，根本扯不断。相反，它们还一下缠住了羿星的左手，要不是右手甩得快，那四肢就全被缠绕得不能动弹了。羿星在瞬间的慌乱之后头脑像被人浇了一盆冷水，突然冷静下来。他果断地抽出激光剑，启动开关，对着食人草唰地一剑划去。"嗞！"剑过之处，蓝光闪烁，几根食人草齐刷刷被割断了，空气中顿时飘荡起一股烧灼味……

真管用！羿星信心大增。

"用激光剑割它们！"羿星朝木梨艳和水冰月喊。

"嗞！嗞！嗞！"羿星不停地挥剑猛割，很快，缠在他

096

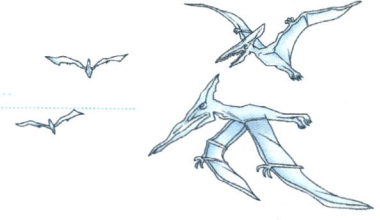

身上的那些可怕的食人草全被割得七零八落了。他一下从紫草的纠缠中挣脱出来，看见木梨艳也正用激光剑猛割食人草，而水冰月却被食人草裹得像蚕茧似的。危险！羿星急忙奔过去，但他不敢像刚才那样挥剑猛割，他怕伤着水冰月，只能小心而麻利地割着、割着……

木梨艳也挣脱出来了，她顾不上喘口气，就连忙跟羿星一起，用激光剑帮水冰月解围。

终于，水冰月"破茧而出"了！

羿星和木梨艳慌忙搀着她离开食人草之路……

"水冰月，你没事吧？"木梨艳替水冰月整理着被折腾得凌乱不堪的秀发……

"谢谢你们帮我捡回了一条命。"水冰月惊魂未定地说，"被缠在里头，食人草已经开始分泌黏液打算消化我了，再晚一点就被吃掉了。"

"要是没有激光剑，今天我们全被食人草吃掉了。"羿星倒吸一口冷气。

木梨艳两眼突然一红，道："木落他会不会被食人草吃掉了啊？"

羿星和水冰月一时都愣住了，但羿星很快反应过来，说："绝对不会，你们想啊，食人草吃的是有血有肉的生命组织，它绝对不可能吃太空盔、太空枪、玄通灵、服装这类东西。如果木落被食人草吃掉，玄通灵也一定还在工作……"

"流星语分析得有道理。"水冰月点着头。

木梨艳闻言，拭了拭眼睛说："那，我们赶快往前找吧。"

第三章 紫 龙

地外诱惑

"嘘——有动静!"水冰月警惕地提示大家别作声。

三人忙竖起耳朵静听……

"没有啊!"木梨艳说。

"刚刚我确实听到了什么声音。"水冰月肯定地说。

"我去看看。"羿星说着拔出太空枪蹑手蹑脚地前往侦察去了。

木梨艳和水冰月望着羿星走去的方向忐忑不安……

这时,木梨艳和水冰月猛然听到身后传来"咚、咚、咚"的脚步声,急回头一看,吓得心脏差点停止——只见一只三五米高、细长脖子、小脑袋的庞然大物正穿过林间往这边赶来。

她俩吓晕了,居然忘了用太空枪对付这个庞然大物。

"快跑!"木梨艳回过神来朝水冰月大喊一声,两人就拼命地向前猛跑……

"咚、咚、咚!"沉重的脚步声越来越响,越来越近……

仓皇之中,水冰月被藏在地面腐叶中的一根枯枝绊了一下,"噗"地摔倒了……

木梨艳忽然发现身旁没了水冰月,急忙回过头去。她看见水冰月摔倒在地上,而那只怪兽正向她迅速逼近……

木梨艳不顾一切地奔过去,眼看怪兽弓起脖子张开嘴巴就要"啄"向水冰月,说时迟,那时快,木梨艳勇敢地扑过去用双手猛地撑住了怪兽的脖子,嘴里还大喊一声:"快跑!"

怪兽没料到突然被人"卡"了脖子,即将到口的食物居然没有到手,它可从来没有受到过这样的待遇。这下火大了,

它一甩脖子，木梨艳一下就被甩倒在地。没容木梨艳挣扎和有所反应，怪兽一弓脖子，向前一扑，一下就把木梨艳咬在了口中……

"木梨艳！"水冰月惨叫起来，"流星语，快来呀！"

把木梨艳咬在口中的怪兽由于脑袋小，嘴巴不够大，显然无法一下将猎物吞咽下去，因此，只能暂时将木梨艳含在口中。不过，它也许觉得战利品还不够多，又掉转身子，对水冰月虎视眈眈，大概在思考用什么最佳办法搞到这另一份美味。

突然，它粗壮的大腿动了起来，整个身躯像坦克一样逼过来。这要是被踩到了，水冰月非成肉饼不可！

水冰月突然想起了身上的太空枪，唰地抽了出来……

"不能用旋转弹！"羿星的声音突然响起。

水冰月回头望见急奔过来的羿星问："那怎么办啊！"

"我来！"羿星在自己的太空枪上调了一下，立即对准怪兽"砰"地开了一枪，怪兽倏地僵在原地一动不动了——原来，羿星向它发射了一颗速冻弹！

水冰月和羿星刚松了一口气，心立即又悬到半空——怪兽虽然被冻住了，但被它咬在口中的木梨艳仍在空中，那里距离地面足有六七米高。

"救我！"木梨艳在空中喊。

"别怕，我们想办法把你救下来！"羿星朝木梨艳喊道。

嘴里这么说，可怎么把悬在那么高又卡在怪兽嘴里的木梨艳救下来却让羿星和水冰月犯难了。

第三章 紫 龙

地外诱惑

　　顺着怪兽的身子爬上去呢，又怎么爬过那又细又长的脖子而到达头部解救木梨艳？看来唯一的办法就是借助梯子上去，但是梯子在飞船上，要是回到飞船取梯子的话，来回至少要一两个小时，而速冻弹只能让中弹生物在三十分钟内处于被冷冻状态，梯子未取到，怪兽就复活了，那哪行？

　　怎么办？羿星和水冰月急得像热锅上的蚂蚁。

　　"那天在栖龙星上要是带上一些飘飞果就好了，那样我们就可以飞上去救木梨艳了。"羿星懊悔地对水冰月说。

　　听了这话，水冰月的大眼睛忽闪了一下。她用手在口袋里摸了摸，掏出来，攥着手对羿星说："猜，是什么？"说着，不等羿星回答就摊开手掌。

　　"飘飞果！"羿星兴奋地叫起来。

　　"我留了一颗本想做纪念的。"水冰月说。

　　"快给我吃下，好上去救木梨艳。"羿星急切地说。

　　"还是我上去，"水冰月说，"你在下面警戒，万一突然又有什么怪兽跑出来，好对付它。"

　　羿星觉得水冰月说得有理，同意了。

　　水冰月吃下飘飞果后很快就飘了上去，小心翼翼地帮木梨艳从兽口逃生……

　　时间一秒秒过去……

　　羿星时而仰头关注水冰月解救木梨艳的情况，时而留心观察四周的动静。

　　好，木梨艳的身子从兽口里被解救出来了，水冰月抱住木梨艳一起飘落下来。

两个少女紧紧拥在了一起……

"你真勇敢,谢谢你……"水冰月泣不成声,她脑海里回放着木梨艳奋不顾身出手救她的惊险一幕。

"有没有被咬伤?"羿星关切地问。

"不碍事,穿着防护背心呢。"木梨艳说。

"那好,赶快离开这里,这怪兽要是解冻了就麻烦了。"羿星提醒道。

三人急忙转移……

"哎,血!你的手臂受伤了?"水冰月突然发现木梨艳左臂的衣袖上透出的鲜血。

"一定是被怪兽的牙齿咬伤了。"羿星说。

"我刚才怎么没感觉到?"木梨艳看着自己的手臂。

"刚才大脑高度紧张哩。快,挽起袖子,我给你上药。"水冰月急忙打开救助包。

然而,还没等水冰月把药找出来,突然,空中响起了"嗡嗡"的声音。三人警觉地抬起头,一看,是一只乌紫色的"大蜻蜓"。它翼展约有半米,外形跟地球上的蜻蜓差不多,不同的是,它的嘴巴是尖尖的,犹如一根长长的针。

三人心里有点发怵,不知道这家伙会干出什么事。正疑惑间,大蜻蜓从空中突然一个俯冲,对准木梨艳挽起来还淌着鲜血的手臂扎了下来……好在羿星早有防备,他猛地用手一拍,将那只大蜻蜓拍出老远并一下撞到一棵大树干上。大蜻蜓遭了打击,摔在地上,但挣扎着身子,晃晃悠悠地飞了起来,飞进了密林之中……

第三章 紫 龙

"超级可怕，那么尖的嘴巴，不知道有没有毒。"木梨艳吓得花容失色。

"一定是它闻到了你手臂上的血腥味了。"水冰月说，"来，赶紧上药包扎。"

水冰月又对羿星说："流星语，你还是全力做好警戒工作吧。"

刚给木梨艳包扎好手臂，三人就听到树林中传来一片"嗡嗡——"的声音。

"大蜻蜓大部队来了！"羿星惊呼。

只见黑压压一片的大蜻蜓，像小型轰炸机群一样，嗡嗡响着，漫空覆盖过来……

"小心，千万不要让它们刺中身体，担心有毒！"羿星抓起地上一根枯树枝对准俯冲过来的一只大蜻蜓打去……

木梨艳和水冰月见了，也急忙找寻枯树枝应战……

霎时，人影闪动，枯枝飞舞……

被打落的大蜻蜓在瞬间的晕眩后竟然一只只都能挣扎着起来继续加入攻击行动。

"怎么办？"水冰月慌乱的声音。

羿星只顾奋力舞动枯枝，没有回答，不知道是不是没听见。

木梨艳心说这下完了，猛不丁，她想起了激光剑。她用右手掏出激光剑，启动开关，"嗖"地向逼近自己的大蜻蜓挥去——呼地，中剑的大蜻蜓的翅膀闪出了火焰，却很快熄灭，不过它们也很快就掉在了地上，起不来了。

"用激光剑！"木梨艳朝羿星和水冰月喊。

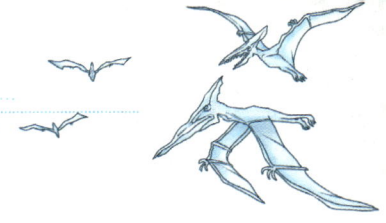

　　羿星和水冰月急忙扔了枯枝，掏出激光剑，嗖嗖地挥舞起来……火焰不断地闪出，熄灭；熄灭，又闪出……

　　地上已经堆满大蜻蜓的残骸了，然而，大蜻蜓的数量不但没有减少，相反，越聚越多，因为森林里还源源不断地有新的大蜻蜓飞来投入攻击行动……真是不可思议的一种异星生物！

　　虽然三个地球少年奋力迎战，但他们每人还是免不了被大蜻蜓刺中身体……他们感到越来越乏力，手中的激光剑变得越来越沉重，意识也越来越迷糊了。迷糊中，他们看见两个人影向他们走来……

　　当三个地球少年恢复知觉的时候，发现空中的大蜻蜓全都消失了，而自己正躺在地上。身旁有两个蓝眼睛、长着翅膀的外星人，正关切地注视着他们，一个是十四五岁的美丽少女，一个是年近五十的憨厚汉子。

　　"父亲，他们醒了！"外星少女高兴地看了看那个年长的外星汉子。

　　"没事了！"外星汉子说。

　　羿星想站起来，但那个汉子止住了他们："别动，先躺着休息一会儿，不然毒性会复发的。"汉子的眼里流溢着善良。

　　"你们是外星人吧？"木梨艳问外星人。奇怪，见到这两个外星人，木梨艳心里一点都不觉得害怕。

　　"外星人？"那个外星少女的大眼睛忽闪了一下说，"我们是龙国人。"

第二章　紫　龙

103

地外诱惑

"龙国人，这个星球叫龙国？"

少女摇摇头："不，我们的星球叫紫龙，我们紫龙星上有紫国和龙国。你们从哪儿来？"

"我们从很远的地方来。"木梨艳说。

"你们怎么没有翅膀？"少女好奇地问。

木梨艳端详了一下少女——这外星女孩乍看像极了地球人：白皙的皮肤，秀美的脸庞，五官、外形跟地球人都没什么区别，不同的是，她的头发是杂色的，黑、黄、灰、紫、橙、绿……而跟地球人最大的区别则是，她的背上有一副漂亮的翅膀，翅膀羽毛的颜色也是杂色的。木梨艳又看了看那位憨厚的汉子，他的头发和翅膀羽毛也是杂色的。

"我们那里的人生来就没有翅膀。"木梨艳笑着回答紫龙星少女的疑问。

"是你们赶走那些大蜻蜓的吗？"羿星问那个汉子。

"大蜻蜓？什么意思？"汉子听不懂。

水冰月笑了，指着地上的那些大蜻蜓的残骸说："就是这种生物！"

"这不叫大蜻蜓，这叫毒巨虻。"汉子解释道。

"它们真有毒啊？"水冰月吃惊不小。

"如果无毒的话，你们也不会昏迷过去了。"汉子说。

"算你们走运，刚好遇上我们，要不然，现在你们已经被它们吸干身上的血了。"少女告诉木梨艳他们，毒巨虻对血腥味非常敏感，老远都能嗅到。他们遇到攻击目标时，会先用尖尖的毒针扎对方，待猎物被麻翻之后，再开始吮吸猎

104

物身上的血液，直至吸干为止……

太恐怖了！

"你们用什么办法将那么多的毒巨虻赶跑？"羿星饶有兴致地问。

少女从父亲的腰包里掏出一根黄色的比香烟略粗略长的东西来，说："这叫虻敌香，我们只要点燃它，毒巨虻一闻到它的气味就吓跑了。"

"这么神啊！"三个地球少年都叫起来。他们三人拼死搏斗，毒巨虻却越聚越多，而一根小小的虻敌香却能令它们闻风丧胆，这虻敌香太不可思议了！

"它要是不跑啊，没一会儿就掉下来死了。"水女说。

"那我们中了毒巨虻的毒，要不要紧？"羿星不放心地问。

"放心，"少女笑着说，"我们已经给你们上了解药，被毒巨虻刺中后，只要及时搽上解药就没事了，要是耽搁了时间，就难救治了。"

"谢谢！""谢谢你们！"……三个地球少年无限感激紫龙星人的救助。

"这座山叫什么名啊，这么危险，你们为什么跑上山来？"木梨艳问。

"这座山叫龙山，我们是住在山脚的人家，特地上山采药的。"不等汉子回答，那少女就抢答了。

"哦。"木梨艳、羿星、水冰月不约而同地点了点头。

"你们呢？你们刚才说从很远很远的地方来，很远很远是哪里啊？"少女忽闪忽闪着大眼睛问。

第二章 紫 龙

地外诱惑

"我们从银河系来，我们居住的星球叫地球，距离这有一百二十万光年呢。"木梨艳答道。

"银河系？地球？没听说过。"少女摇摇头。

"我们也是第一次到这么远的地方来。"水冰月说。

"你们跑这么远来干什么，为什么要到这山里来？"

"我们是来这里旅行和探险的，"羿星说，"昨天我们的一个伙伴在这座山里失踪了，你们看见他了吗？"

"是一个胖胖的小男孩，一个没有翅膀的小男孩。"水冰月补充道。

少女想了想摇摇头："没有。"她又转脸看了看她父亲说："是没有吧？"

"是没有看到。"汉子憨厚地点点头。

"怎么办？"水冰月一脸忧愁地问羿星，"怎样才能找到木落啊！"

木梨艳觉得自己的眼泪又要涌出来，她咬着嘴唇使劲忍住了。

"我们庄户人家消息不灵通，"紫龙星少女建议道，"也许只有问我们的国王才知道。我们王国的情报大臣每天都会把收集到的国内外最新消息向他报告，如果有地球小男孩的消息，那一定会向国王报告的。"

"可是，"水冰月瞅了瞅木梨艳，然后对紫龙星少女说，"我们去哪找你们的国王啊？"

"到王宫啊！王宫从这往北，就在王国的中央，那里有一大片规模宏大的紫色建筑。王宫有一个好大好大的中央广

106

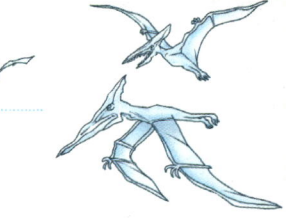

场，广场上全部铺着紫金打造的地砖。阳光下，中央广场灿烂夺目，我们飞到空中时，很容易看到它的。"少女不假思索地说。

真豪华的王宫啊！三个地球少年禁不住在心里暗叹。

"你们可以到那里找国王的。"少女天真地说。

"谢谢，谢谢！"三个地球少年连声道谢。

"我觉得好多了，能起来了吗？"羿星问汉子。

"行了。"汉子点点头。

羿星、木梨艳、水冰月忙从地上站起来。

"你们没事了，赶快离开山林吧，这里山险林密，毒禽猛兽多着呐。"汉子从他女儿手中拿过虻敌香，塞到羿星手中对他说："我们还要采药去，这虻敌香送给你们，万一再遇上毒巨虻，在树干上摩擦一下就点燃了。"

"一整根都给我们，那你们自己呢？"羿星问。

"我们还有呢。"汉子说。

"那谢谢你们了。""谢谢！""谢谢！"三个地球人不知道怎样更好地表达自己的谢意，只能一个劲地重复"谢谢"这个简单的词汇。

"再见了！"紫龙星父女俩向羿星他们挥手作别后走进了莽莽林海中……

"哎呀，我们忘了送个纪念品表达一下谢意了！"水冰月叫道。

"嗯，"木梨艳点着头，"这两个紫龙星人实在太好了！"

"以后要是有机会，我们一定好好感谢一下他们。"羿星说。

第二章 紫　龙

现在怎么办,要不要继续在山里寻找?少男少女们犯难了。

继续找吧,山林这么大,又不知道木落在哪里,可不就像大海捞针一样?!再说还不知道木落在不在山里。不继续在山里寻找吧,那又到哪里去找?

"昨天,那么多搜捕人员搜山,我想,木落很可能被搜捕人员捉住了。"羿星思索着说。

"那该怎么办?"水冰月焦急地说。

"刚才那个外星女孩说得有道理,我们找国王去。如果木落被紫龙星人捉去,我们就向他说明我们的来意,要求国王放人;如果不是被紫龙星人捉去,也希望国王帮助我们打听一下木落的下落。"羿星说。

"嗯。"水冰月点点头。

"也只好这样了。"木梨艳一副心事重重的样子。

三人决定,豁出去了,到王宫找国王去!

走了那么久的山路,又与食人草、怪兽、毒巨虹进行了一番殊死搏斗,可谓人困马乏,三人决定回到飞船好好休整一下,以便以饱满的精神访问龙国王宫,晋见国王。

"太阳"从紫龙星的地平线上冉冉升起时,"飞鱼号"从隐蔽的山林中启动并垂直插入了紫龙星的近外空间……定位器很快就探到了那个龙国少女所说的,北面那个铺着紫金地砖的灿烂夺目的龙国王宫中央广场。向着目标,"飞鱼号"的高度逐渐下降。

"嗖、嗖、嗖！"地面向"飞鱼号"发射导弹了，显然，龙国防空部队发现了入侵者并实施了打击行动……

自然，在"飞鱼号"的规避系统面前，龙国的导弹只能如流星般从飞船的身旁滑入虚空……

越是临近王宫，流星般的导弹越是密集，当然，"飞鱼号"仍毫发无损……

"飞鱼号"稳稳地降落在灿烂夺目的王宫中央大广场的中央。

三个地球少年发现，"飞鱼号"的四周，已经满是身着黑、白、橙三色相间制服的全副武装的人员了，而空中，也飞翔着不少全副武装的人员。

他们对"飞鱼号"这个不速之客高度戒备，但并没有采取攻击行动。显然，他们已经明白，对这个怪模怪样的飞行器发射任何枪弹都无异于浪费资源……

现在，怎么跟这些武装人员打交道，并进而表达地球人希望晋见国王的要求？

"最安全的做法是，我们不要下去，只在飞船上通过喇叭与他们对话，表达我们的意思，提出我们的要求，但这样很容易给他们造成错觉，认为我们不信任他们；再说，他们连我们的真实面目都没看见，国王怎么会同意我们去晋见他呢？"羿星说。

"但是，如果我们贸然下去的话，他们会不会伤害我们？"水冰月想到那天飞船的翅膀被无端射了个洞，不免惴惴不安。

第二章 紫龙

地外诱惑

"不好说,"羿星说,"但是从在龙山遇上的那对父女来说,外星人应该是善良的。"

"所以,"木梨艳接过羿星的话,坚定地说,"你们俩待在飞船上,我先下去跟他们接触一下。"

羿星和水冰月显然没有料到木梨艳一出口就甩出重磅炸弹。

"我去!"水冰月说,"你手上的伤才刚刚好哩。"

"你们谁都不要去,本男子汉当仁不让。"羿星口气坚决地说,"我去,怎么能让你们女孩先去冒险呢?!"

"女孩子下去,相对来说,会给对方安全感的,你们说是不是?"木梨艳摆出了理由。

"要不,我和你一起去!"水冰月觉得木梨艳说得有理,但她还是不愿木梨艳一个人去。

"不必了,我年龄比你大,还是我先下去。再说万一出现意外,也不至于全军覆没,那样,还有找到木落的可能……"木梨艳声音有些哽咽,动情地说,"你们一定要想办法找到木落,带他回地球……"

"我还是不能同意你先下去,你这样让我这个男子汉面子上太挂不住了。"羿星有些不高兴了。

"是面子重要还是安全重要,在大家的安全问题上,是选择多一分安全还是选择多一分个人面子?"木梨艳这话,让羿星组织不起有力的"反击"。

"那,"羿星想了想说,"我们得先用飞船上的喇叭向外面的士兵说明一下。"

"这倒有必要。"木梨艳同意。

在王宫护卫队队员眼里,广场中央的这个模样怪异的五层楼高的飞行器是个十足的"怪物"——他们从未见过这种形状的飞行器。他们最想不通的是,这个"怪物"为何能够轻而易举地躲避猛烈炮火的攻击。他们十分惊诧,以为紫国人竟研制出了这等厉害的飞行器!

正当卫队长不知道该如何指挥士兵们对付这个突降王宫的"怪物"之时,广场上突然响起一个甜美的女孩的声音——

"尊敬的龙国朋友们,你们好!我们来自遥远的银河系,我们所居住的星球叫地球。我们爱好和平,不是为了侵略攻击你们而来的,我们非常喜欢紫龙星这个美丽的星球。我们相信,你们跟我们一样善良,一样爱好和平。下面,我们就派一个女孩下去跟你们接触,相信你们不会伤害她的,对吗?"

话音停止了。王宫护卫们正疑惑间,"怪物"的舱门打开了。他们看见从舱里走出一个没有翅膀的戴着头盔、身材颀长、姿态优雅的女孩子。她手里捧着一个精美的东西……

"大家注意,没有我的命令,谁也不许发起攻击!"卫队长向广场上的护卫队员发出命令。

木梨艳走下飞船站在异星的广场上,定了定神,环视了一下密密麻麻全副武装的士兵,说:"龙国的朋友们,你们好,我是地球人。我手上的这个礼物是我们星球上用以象征和平的和平鸽,我们要把它赠给你们的国王,表达我们爱好和平的意愿。我们非常希望能够拜见你们的国王,并有事情请求得到他的帮助,希望你们的负责人能帮助我们向国王禀

第二章 紫 龙

111

报一下。"

"是不是紫国佬耍的什么花招？"卫队长心里嘀咕。

"你们说实话，是不是紫国佬派你们来的？"卫队长壮着胆子向木梨艳走近一些。

"我们不知道什么紫国佬，我刚才说了，我们是从很远很远的地球来的。"木梨艳答道。

听了这话，卫队长将信将疑地走近木梨艳，又仔仔细细地打量她一番。

这可是从未遇到的事，卫队长感到实在难以处理。不过这女孩子看上去并没有什么敌意，他想。

"那，你等着，我去汇报一下。"卫队长说。

很快，卫队长向王宫总管做了汇报。王宫总管不敢做主，便向总理大臣做了报告。总理大臣感到外星人来到紫龙星乃旷古未闻，事关重大，便立马向国王禀报……

飞船里，羿星和水冰月内心极度忐忑地注视着飞船外的动静……

广场上，木梨艳手捧和平鸽静静地伫立在明媚的阳光中……

约莫过了一顿饭的工夫，谢了顶的总理大臣、瘦不拉叽的王宫总管和结实的卫队长一起出现在广场上。总理大臣问木梨艳："你们真的不是紫国佬派来的吗？"

"真的不是，"木梨艳真诚地说，"你们看，我们地球人跟你们紫龙星人不一样，我们没有翅膀。"

总理大臣点点头："你们一共来了多少人？"

112

"四个，不过其中一个小男孩前两天在龙山上失踪了。"说到这，木梨艳的音色突然暗淡下来。

"那好，让那两个地球人也都下来说话，可不许携带任何武器。"总理大臣说。

木梨艳回到飞船上传达了龙国人的意见。祸福难料！三个地球少年经过商议，决定不管是福是祸，都要下去勇敢地面对。如果不下去，如何取得紫龙星人的信任？

三个地球少年按紫龙星人要求，卸掉武器（包括防卫武器）走下了飞船……

见地球人都出来站在地面上了，总理大臣才高声宣布："神圣国王旨意，同意接见地球人！"

三个地球人料想不到事情竟会如此顺利，高兴地连声说："谢谢！""谢谢大家的帮助！"……

龙国国王在金碧辉煌的王宫接见厅里接见了三个银河系来的少年。国王的两侧，分列着龙国的许多大臣。三个地球人发现，国王和大臣的头发及翅膀的颜色，跟在龙山上遇到的那两个父女一样。

"听说，你们三位是地球人，地球在什么地方啊？"国王油亮的脸上露出微笑。

"地球在银河系，距离这里大约一百二十万光年。"木梨艳答。

"难以想象，"国王若有所思地说，"三位能够从那么远的地方来到这里，飞行器必然非常先进，难怪能够避开我们的导弹。那么，诸位跑这么远的路来这里做什么啊？"

第三章 紫 龙

地外诱惑

听了这话，木梨艳担心国王对地球人的先进技术心存恐惧，连忙说："我们只是顺便到你们美丽的星球旅行。我们地球人爱好和平。"说到这，木梨艳把捧在手里的和平鸽向国王示意了一下说："你看，这件礼物是我们星球上用来象征和平的和平鸽。"

大家的目光都聚集到木梨艳手里捧着的礼物上——一只洁白的鸽子，安详地站在地球仪上。这件精美的和平鸽礼物是三个少年在礼品库中精心挑选出来的，寓意深刻。

木梨艳在礼物的开关上摁了一下，《和平颂》优美的乐曲轻轻飘荡开来，洁白的鸽子忽然展翅飞了起来……它在接见厅的上空优美地绕了三圈之后，又轻轻地落定在地球仪上。

国王及诸位大臣都报以赞美的掌声……

"这是我们送给您的礼物，小小礼物不成敬意，请国王笑纳。"木梨艳向国王献上和平鸽。国王乐呵呵地伸手接过礼物，说声"谢谢"后交给侍从。

"听说你们有事请求得到我的帮助，是吗？"国王问。

"是的，我们有一个小伙伴前两天在龙山中失踪了……"木梨艳简要地把那天的情况向国王做了汇报，末了说："不知道木落是不是被贵国的搜山人员带走了，请国王帮我们查一下好吗？如果是的话，希望能尽快让木落跟我们团聚。谢谢！"

"哦，是这个事啊。"国王摸着下巴——其实他的脖子已经粗得快跟下巴合为一体了。

三个地球人都紧张地望着国王，不知道他会对木落的命

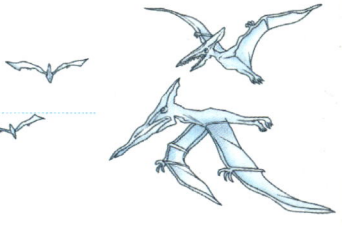

运做出怎样的答复。

　　国王摸着下巴说："你们要我帮这个忙可以，但请你们也帮我们一个忙好吗？"

　　"帮什么忙？"

　　"我们紫龙星上有两个国家，一个是紫国，另一个就是我们龙国。紫国是我们的对头，一个难缠的对手。你们的飞行器技术非常先进，可以避开任何炮火，我希望能借用你们的飞行器来灭了紫国。"

　　三个地球少年万万没想到国王会提出这样的交换条件。

　　"不行不行。"木梨艳连连摆手回绝道，"我们不能帮人家打仗。"

　　"我们可以帮你们跟紫国沟通，化解恩怨，和平相处。"羿星诚恳地补充道。

　　"战争对双方都没有好处的。"水冰月说。

　　"这么说，你们不肯帮这个忙啦？"国王面露不悦之色。

　　"不是不肯帮忙，而是这个忙不能帮，因为这有违我们地球人和平的主张。"木梨艳解释道。

　　"国王，请原谅我们不能帮你们打仗。"羿星说。

　　"说来说去，你们的意思就是不同意帮我们的忙。"国王一脸不高兴地说，"你们不知道吧，在我们龙国，没有人敢对本国王说一个'不'字。"

　　他见地球人仍然没有答应自己的条件，就生气地说："那算了，来人，给他们弄个地方先住下来再说。"

　　羿星一听，这可是被软禁了呀，忙说："不打搅了，我

第二章　紫　龙

115

们回自己的飞船上去。"

"那可不行，"国王摇手道，"现在不能让你们走，万一你们回头帮紫国来攻打我们，我们不就完了。要走，得等到我们灭掉紫国后才行。"

"怎么会呢？"木梨艳急红了脸。

"国王您不能这样。"水冰月也急得不行。

这时，那个头上没头发的总理大臣走到国王身旁跟国王耳语起来……

一番耳语之后，总理大臣对三个地球人说道："我们神圣国王提出的意见，你们可以考虑几天再做决定，希望我们之间能够互相帮忙。现在先请三位到我们的迎宾花园歇息。"

三个地球人被安排到环境优美的迎宾花园的一幢两层楼房中，木梨艳、水冰月住在一个房间，羿星单独住一个房间。他们根本没有料到事情会变成这样，现在，不但木落的下落没有探明，连自己都被限制在这迎宾花园里，真郁闷！

三人反复商讨着对策，却没有更好的办法。他们还是一致认为，绝不能介入外星人的纷争杀伐，绝不能帮助一方去消灭另一方。他们希望通过自己的努力使国王回心转意，让国王帮助寻找木落，并且同意让他们充当和平使者，帮助紫国和龙国化干戈为玉帛。在努力无效的情况下，他们再想办法逃离这里。

两天后，总理大臣来询问他们考虑得如何了。三人郑重表示：他们不会介入紫龙星人的内部纷争；他们非常愿意充

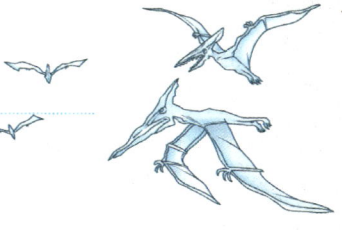

当调解人,使紫龙两国消除恩怨,世代友好;他们还非常希望国王能归还木落。

第二天,一辆精美的蛋形小车开到迎宾花园,总理大臣从车上下来传话:神圣国王和王后要召见木梨艳,请木梨艳立即上车。

三人都觉得十分奇怪:国王和王后为什么要单独召见木梨艳呢?他们条件反射似的一致认为:要去一起去!

但总理大臣却说国王只召见木梨艳一个,羿星和水冰月不能一同前往。

木梨艳怕搞僵了与国王的关系,日后更难得到国王的理解和帮助,再说,要是国王通报木落的消息呢,岂不错失良机?于是她对羿星和水冰月说:"算了,单独去就单独去,谁怕谁啊!"

"可是,你一个人去,我终是不放心。"水冰月担忧地说。

木梨艳对总理大臣说:"我稍做准备就上车,你到楼下等一下好吗?"——当时,他们几个都在二楼的客厅里。总理大臣同意并转身下楼去了。

木梨艳对羿星和水冰月说:"你们不用太担心,我会随机应变的。"

羿星知道,木梨艳是个有主见的人,她决定的事轻易改变不了,就不再阻止她;再说,凭自己的力量,能阻止得了龙国国王的旨意吗?他下意识地往腰部摸了摸,那地方原先总别着太空枪,但他立即醒悟:下飞船时,他们按照总理大臣的要求,没有携带任何武器。唉,要是木梨艳能带上一支

第二章 紫 龙

117

地外诱惑

太空枪就好了,他暗想。他失望地把手从腰部移开,却又不甘心地在口袋里摸了摸。他在上衣的口袋里摸到了量子电脑,想了想,掏出来,对木梨艳说:"你带上量子电脑,万一遇到麻烦就想办法往我们的飞船跑,只要上了飞船,就安全了。"

说罢,羿星开始教木梨艳如何启动"飞鱼号"。

那辆精美的蛋形小车终于把木梨艳载走了,并把揪心的等待留给了木梨艳的两个地球同伴。

"请地球公主晋见!"王宫侍从高喊道。

木梨艳吓了一跳,自己怎么变成了地球公主?她心中狐疑地走入了接见厅,看见国王的身旁坐着一位雍容华贵、气质不俗的中年女性,显然,她就是王后。

"地球公主,请坐!"国王笑容可掬地示意木梨艳坐下。

"我不是什么地球公主,我只是一个普通的中学生。"木梨艳解释道。

"你不用客气,我说你是地球公主,你就是地球公主。"国王依然笑容可掬。

木梨艳心想:"反正我不是什么地球公主,这种争议没什么意义,你爱叫我地球公主就地球公主吧。"

"国王,您叫我来,是不是要告诉我木落的下落?"木梨艳满怀希望地问。

"不不不,我先问你,你考虑好了吗?就是帮我们灭掉紫国的事。"国王问。

"考虑好了,"木梨艳微笑道,"我们非常愿意充当调解人,帮助你们两国消除恩怨,和平相处。"

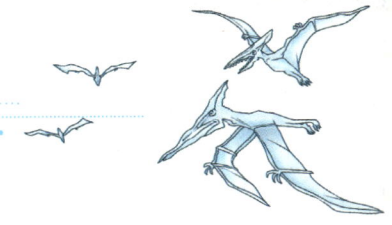

国王摇摇手:"我们两国仇视太久,非你们所能化解得了。"他转过脸笑着跟王后轻轻耳语起来,还不时地看看木梨艳……

木梨艳见国王和王后在嘀嘀咕咕,还不时往她身上打量,心中不禁有些忐忑:"他们是不是又在捣鼓什么新花样?"

国王和王后终于嘀咕完了,两人一脸幸福地望着木梨艳。

木梨艳被他们打量得有些发毛,就说:"国王,麻烦您告诉我木落的下落好吗?"

国王笑吟吟道:"不忙,不忙。"他又转脸看着王后说:"那我就宣布啦?"

王后默许地点点头。

"地球公主听着,"国王郑重宣布,"本国王和王后非常喜欢你的美貌和气质,今决定挑个吉日,让你跟我们唯一的王子定亲,并择日完婚。"

"好!"列于国王和王后两旁的众大臣齐声叫好,并鼓起掌来。

什么,定亲?完婚?!木梨艳一下傻了,这两个家伙嘀咕半天,原来折腾这道菜啊!

"不行,不行!"木梨艳窘得连连摇手,"我才十五岁,还是个未成年人,按我们地球的法律,婚姻大事还早着呢。"

"但是,按我们龙国的法律,十四岁就可以成亲了。"王后开口了。

"不行,真的不行!"木梨艳镇定了一下,说:"我是地球人,我要遵守地球的法律规定。"

第三章 紫 龙

地外诱惑

"你们地球人藐视我们紫龙星人吗？"国王突然拉下脸来。

木梨艳心想，可不能跟他弄僵关系，木落以及自己、流星语、水冰月的命运还都攥在他手里呢，还是尽量不用太强硬的语言吧。于是，她尽量语气温和地说："我们地球人非常尊重紫龙星人，我的意思是，我年纪还小，现在根本不考虑婚姻大事。"

"你这还是不想跟我们王子成亲。"国王正要进一步发作，总理大臣趋前俯身与国王耳语起来……语毕，国王对木梨艳说："你是地球公主，思维与我们紫龙星人有些不同也情有可原，这样吧，给你三天时间考虑。记住，今天算第一天，希望三天后你能够给我们一个满意的答复。"

当木梨艳从精美的蛋形车下来时，不由得呆住了，小车不是把她送到原先住的迎宾花园，而是一个陌生的地方。

"这是什么地方啊？我的同伴呢？"木梨艳问瘦不拉叽的王宫总管。

"这是王宫北花园，您就要成为小王妃了，神圣国王吩咐让您在这歇息。"总管满脸堆笑道。

"我不要在这里，我要回迎宾花园，跟我的同伴在一起。"木梨艳气呼呼地嚷起来。

"这，本大臣做不了主，请地球公主原谅！"总管谦卑地说。

木梨艳想想也是，跟他多说也无用，就气恼地说："那

你走吧,跟你的国王禀报,说我要跟同伴在一起。"

"是。"总管答应着。他向北花园的侍从做了一番交代后就告辞了。

木梨艳又羞又恼,来到房间里,忙用玄通灵跟羿星、水冰月联系。她把国王和王后接见自己的情况向两个同伴做了通报,末了说:"我现在头脑乱得很,不知道该怎么办。"羿星虽说非常震惊,但也无计可施,只好给她支招:"你现在要冷静,要找机会回到飞船,并将飞船开到迎宾花园接我和水冰月,一起逃走,另作计划。"

跟同伴通话后,木梨艳心里好受了些,但独自一人待在王宫北花园里,使她的心总悬在半空中,没着没落的……

木梨艳曾试图离开花园,到王宫中央广场找寻飞船,但花园护卫拦住了她,说国王旨意,地球公主只能在园内休息,不能离开。虽然木梨艳为此发了一通火,却无济于事。

当天下午,木梨艳正独自一人在花园里心绪烦乱地想着脱身办法,突然,女侍从引着一位十六七岁的翩翩美少年向她走来。

"禀地球公主,王子闪来看您了。"女侍从启禀道。

木梨艳一听"王子"两个字就气不打一处来。她朝王子挥挥手:"我不是什么地球公主,请你不要来找我。"接着,她又对女侍从说:"送客!"

王子张了张口,似乎想说什么,但看见"地球公主"已转身径自走了,只好咽回要说的话,怔怔地看着木梨艳远去的背影,站了站,离开了花园。

第三章 紫 龙

地外诱惑

　　住进王宫北花园的第二天，木梨艳把自己一个人关在房间内。她用玄通灵跟流星语、水冰月商量了老半天，却仍旧无计可施，便一个人在房间里生闷气。这时，女侍从敲开房门禀报："王子闪来看地球公主。"

　　木梨艳"啪"一下把门关上，说："不见！"

　　木梨艳听见王子闪在门外说："地球公主，能跟你说一句话吗？"

　　"不要，你走，我不要听！"木梨艳根本不想听王子说什么。

　　门外沉默了，良久，木梨艳听见王子闪离去的脚步声……

　　过了一会儿，木梨艳拉开房门，果然，门外没有王子的身影。不知为什么，她突然感到，王子接连两天来看望自己，而自己却一句话都不让人家讲，是不是有点过分呢？不过，她又立即坚定了自己的态度——有其父必有其子，王子闪能说出什么有价值的话呢？既如此，还是不听为好，免得说出一些不中听的话，弄脏了自己耳朵。

　　第三天，也就是国王给木梨艳考虑期限的最后一天，王子闪又来了。木梨艳本来正焦急地在花园里想着脱身办法，听女侍从禀报说王子又来了，便气鼓鼓地一句话也不说就回房间把门关上了。

　　过了一会儿，木梨艳以为王子已离去，便打开房门，却见王子竟站在自己的门前，旁边还站着两名侍从。

　　"你怎么还没走啊？"木梨艳没好气地说。

　　"想跟你说句话好吗？"王子有些局促。

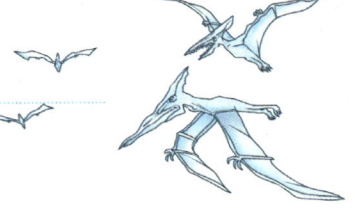

"我烦死了,不想跟任何人说话,请原谅!"木梨艳"砰"地又把门关上了。

这时,木梨艳听见王子在门外说:"你们都离开这吧,没有我同意,不要过来。"

"是。"侍从回答。

木梨艳听见侍从离开门前的脚步声。王子又说话了:"地球公主,父王给你三天时间考虑,今天可是最后一天,不知你是怎么考虑的?"

"没什么好考虑的,他说的那事儿没门!"

"唉,父王向来是个说一不二的人,就算你我都不同意,只要他想办的事,照样得办。"

木梨艳心中一凛,这话说得倒实在,那该怎么办?木梨艳急得要哭,她说:"你们紫龙星那么多漂亮女孩,你干吗要缠上我呀?告诉你,我们地球人可没这么早谈婚论嫁。"

"谁缠你了?我只喜欢如花公主。除了如花公主,我不会喜欢其他女孩。"王子似乎很委屈。

他喜欢如花公主?如花公主是谁?这么说,他不是来缠我,那他来干什么?想到这,木梨艳问:"你喜欢如花公主,那你干吗不去找她,却一直来找我?"

"我刚才说过了,我只喜欢如花公主,你也不同意父王说的事,那我们总得想个法子摆脱父王的安排啊。"王子说。

这话说得在理啊,木梨艳想,自己这三天来无时无刻不在想着逃离这里。刚才听王子的话意,似乎他也很希望摆脱国王的安排呢,不知他想出什么法子没有。那就试探他一下

第三章 紫 龙

地外诱惑

吧。

"那,你说,怎么摆脱啊?"

"隔着门怎好说话,我有那么可怕吗?能不能出来在花园里走走?"

要不要开门到花园走走?木梨艳心里激烈斗争着。开门出去吧,会不会遭遇圈套?不出去吧,自己至今尚无脱身之计,万一王子说的是真心话,那岂非错失良机?今天是最后一天,良机一失,后果简直不堪设想!再说,假如王子居心叵测,怕又有何用!想到这,木梨艳把心一横:豁出去了,到花园里走走就走走,未必就怕了你!

木梨艳打开了房门,王子闪一见,趋前一步,道:"地球公主……"

"请不要叫我地球公主,"木梨艳打断王子的话,"因为我不是。"

"对不起,我知道你不是地球公主。"

"知道了还这么叫?!"

"对不起,那都是父王的主张。"

"为什么他要主张叫我地球公主?"

"这说来话长了,"王子说,"我们边走边说吧。"

王宫北花园里花木扶疏,花香满径。可入住三天来,木梨艳却没有正眼瞧上一眼,她没有这个心情。现在,她仍然无心欣赏花园的美,只是机械地迈着步子走在花园的小径上。

"我们紫龙星上有两个国家,一个是紫国,一个是龙国。"王子不疾不徐地开始讲述——

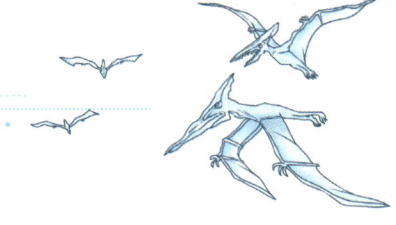

"紫国之所以称为紫国是因为紫族人的头发和翅膀羽毛的颜色是晶紫色的,而龙族人的头发和翅膀羽毛的颜色则是杂色的。历史上,紫龙两国由于种族不同,曾经有过战争,但也有相安无事的时期。我父王继承王位以来,两国的关系一度演绎出历史上最美好的时光。

"三年前,两国国王共同举办了有史以来的首次高层新生代交流会,地点在紫国。在为期半个月的交流会期间,我跟紫国国王的独生女如花公主一见钟情。到交流会临结束时,我们双方都觉得难舍难分了。在返回龙国的前一天,在跟如花公主话别时,我向公主正式表露了自己的心迹,并赠给她龙国王族的传家宝——五彩项链。公主当即回赠我一个紫国王族的心形紫宝石。回国后,父王发现挂在我脖子上的传家宝五彩项链不见了,就追问原委。我如实以告。父王听了,一时心血来潮,派人向紫国国王提亲,请求紫国国王同意将如花公主嫁给我为妻。父王以为,现在紫龙两国关系这么亲密,紫国国王一定不会拒绝我们的提亲。谁知,紫国国王却以祖训规定紫国王族不能与龙族人通婚为由,轻轻松松就把前往求婚的官员打发回国。其实,我们知道,紫国历来有种族优越感,认为他们的头发及翅膀羽毛的颜色单一,血统纯正、高贵,而我们龙国人的头发及翅膀是杂色的,不高贵。父王感觉受到了极大的侮辱,一怒之下,决定发兵攻打紫国,而紫国毫不犹豫地派兵迎战。于是,战火把两国业已建立起来的友情全都烧毁了。打到现在,双方均损失惨重,但谁也没有占上风,于是,就这么僵持着……

第二章 紫 龙

地外诱惑

"前不久，你们来找父王请求帮助寻找同伴木落，其实，我们也不知道木落的下落。可当父王听说你们的飞行器能够规避任何炮火时，竟异想天开地希望借用你们先进的飞行器来打败紫国，灭掉紫族。由于你们不同意帮助我们攻打紫国，父王非常恼火。总理大臣便献上一计，即把你说成是'地球公主'，并让你我成亲。这样，一来你成了来自技术先进星球的公主，在名分上可以压过紫国公主；二来通过你我结合，使你死心塌地帮助我国灭掉紫国。"

木梨艳静静地听着王子的讲述，始终没有插上一句话。当她听到这里时，已经感受到王子的真诚了，不禁问他："那，你现在想怎么办？"

"我想离开这里，去紫国找寻如花公主，跟她一起离开这纷争扰攘的地方，或者和她一起到你们的地球上去。"王子的眼神流露出对纷争扰攘之地的厌恶之情。

"那，你怎么离开这里到紫国找寻如花公主呢？"木梨艳的目光第一次很认真地看着王子。

"我想，"王子似乎被木梨艳看得有些不好意思地说，"我想坐你们的飞行器到紫国去找寻如花公主，行吗？"

"可是，"木梨艳心里已经看见希望的曙光了，可她没有喜形于色，而是故意很无奈地说，"我现在被限制在这个花园里，怎么帮你开动飞行器到紫国去啊？"

"这个你放心，我可以把你带到王宫中央广场，那时，我们就可以一起登上飞行器了。"王子十分有把握地说。

"那，你打算什么时候走啊？"木梨艳问。

"现在就走，免得夜长梦多。"王子显得急不可待。

这正中木梨艳下怀，但她又有些不放心地说："你能肯定如花公主仍然喜欢你吗？"

"我相信她信守诺言。"说这话时，王子没有丝毫的犹豫。

"那好，既然这样，事不宜迟，我们现在就走吧。"木梨艳说。

走出北花园大门时，花园护卫试图阻拦木梨艳离开花园，但王子瞪了他们一眼，喝道："怎么，本王子带地球公主到王宫各处走走不行吗？"

花园护卫立即变成缩头乌龟了。

来到王宫中央广场，木梨艳高兴地看到"飞鱼号"仍旧安详地泊于广场中央。只是，飞船四周站着几个王宫护卫。还没等护卫张口说话，王子就对他们挥挥手说："你们到那边去吧，我让地球公主带我参观一下飞行器。"

那些护卫立即敬个礼，一声不响地撤到王子指定的方位去了。

木梨艳立即掏出量子电脑，启动了飞船的电子钥匙，舱门悄然打开。木梨艳拉了拉王子说："快上飞船！"

等王宫护卫反应过来时，飞船已经倏地升空了……

飞船上，木梨艳用玄通灵通知羿星、水冰月做好准备，"飞鱼号"立马就降落在花园草坪上，到时，舱门一开，迅速上船。说话间，"飞鱼号"就停在了迎宾花园的草坪上。没等花园护卫反应过来，羿星和水冰月便蹿上了飞船。飞船迅速升空，向前滑去……

第二章 紫 龙

现在，众人那颗共同悬着的心终于放下来了。木梨艳将王子闪介绍给羿星、水冰月，并将王子所述内容及其想法向伙伴做了转述。

"你知道如花公主的住处吗？"羿星问王子。

"知道，她就住在紫国王宫的公主花园里。"王子肯定地回答。

"那好，我们就向紫国王宫方向飞行。"羿星说。

"有个问题，"水冰月疑虑地说，"我们的飞船目标这么大，虽然能规避炮火，但一路过去，毕竟太引人注目，也必定会吸引众多的王宫卫队人员赶到现场，那样，王子怎么接近公主啊？"

"那怎么办啊？"王子紧张起来。

木梨艳想了想说："我们冒险启动空间变换器吧，通过四维空间到达公主花园，神不知鬼不觉，那时，王子先让如花公主迅速进入我们的飞船，一切就好办了。"

"这个险值得冒！"羿星毫不犹豫地同意了。

水冰月疑虑顿消，高兴地点头同意。只有王子闪一脸困惑："四维空间怎么走啊？"

大伙善意地笑了，木梨艳说："你很快就知道了。"

羿星启动了空间变换器……没有出现意外，飞船如期进入了四维空间……

他们找到了紫国王宫的公主花园。真是再巧不过，王子通过监视器居然看见他日思夜想的如花公主正独自一人在花园里赏花。

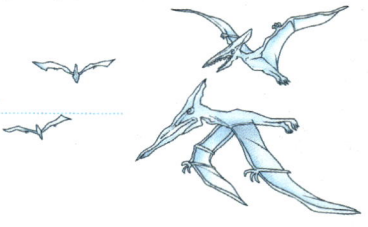

"我看见她了,就在那!"王子异常兴奋地指点着,"我们就降落到那块大草坪上。"

木梨艳、羿星、水冰月从监视器清晰地望见王子闪所说的那个如花公主。她约十五岁,体态袅娜,紫发如瀑,气质典雅,果然如花美艳。

"飞鱼号"稳稳地落在紫国公主花园的大草坪上。

"她怎么一点反应都没有啊?这么大的飞船她会没感觉?"王子很疑惑地说。

"我们在四维空间呢,如花公主怎么看得到我们?"木梨艳笑着说。

"那怎么办啊?"王子说。

"别急,我们马上回到三维空间。"羿星对王子说,"记住,回到三维空间后,谁都会看见我们的飞船,所以你要用最快的速度请公主一起到飞船上来,不然,王宫护卫赶来就麻烦了。"

"嗯。"王子点点头。

羿星摁下了返回三维空间的键钮。

正欣赏花草的如花公主一扭头,看见草坪中央突然冒出一个庞然大物,正惊讶得不知所措,却见一个人从庞然大物的舱门下来,向她奔来。"王子!"如花公主惊喜地迎上去,跟跑过来的王子紧紧相拥在一起。

"糟了,王宫护卫已经来了!"水冰月焦急地说,"他们两人讲了这么多话了,怎么还不上来呀?"

王宫护卫、侍从纷纷从四处向公主和王子跑去……

第二章 紫 龙

129

地外诱惑

　　羿星他们看见如花公主朝护卫和侍从说了两句什么，护卫和侍从便退到草坪边上去了。

　　这时，三个地球少年看见王子闪独自一人跑回飞船。王子告诉三个地球朋友：如花公主不愿这样仓促地离开疼她爱她的父母，而且，她说，她不知道能到哪里去，如果到地球上去的话，那是个太陌生的地方，她无法想象。

　　"那怎么办？"水冰月说。

　　"我想面见紫国王，亲自向他求亲，表达我对如花公主的真情，没准紫国王会同意的。"王子情真意切地说。

　　"可是，万一他不同意怎么办？"木梨艳说。

　　"我不知道。"王子茫然地摇摇头。

　　三个地球少年没料到事情竟变得这样复杂。如果同意王子亲自向紫国王求亲，能成功再好不过，万一不成功呢？他们决定跟王子闪一起去面见紫国王，帮助说服紫国王成全王子闪和如花公主的恋情。同时，说服紫国王与龙国化干戈为玉帛，如能成功不但成全了王子闪和如花公主，也为紫龙两国人民做了一件大好事。

　　羿星他们让王子闪把地球人的意见跟如花公主转述了，公主同意带王子和三个地球人一起去面见国王。

　　紫国王身材魁梧，一头晶紫色的头发从王冠下直滑到肩头。列于国王两侧的众位大臣也都是紫发披肩。有意思的是，他们的眼睛也是紫色的，这大概是紫族与龙族的另一个不同之处。

　　紫国王在听了王子闪的真情告白和木梨艳希望使两国化

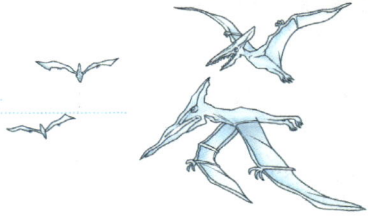

干戈为玉帛的提议后，沉吟半晌说："你们所说乃是大事，本王会慎重考虑。"

"国王英明，"羿星高兴地说，"如果王子闪和如花公主能够永结同心的话，那就为紫龙两国世代友好奠定了坚实的基础。我们地球人非常希望紫龙星人民能够友好相处，共享太平日子。"

"嗯，"紫国王点了点头，"本王会慎重考虑你们的要求，并尽快做出决定。"

"谢谢国王！""谢谢！"三个地球少年连声道谢。

紫国王欠欠身子说："本王有一事不明，可否告知？"

"国王请讲。"羿星说。

"你们地球人那么大一艘飞船飞入我国境内并降落在公主花园的草坪上，而我方防空部队和王宫护卫队居然丝毫未察觉，这是怎么回事？"

"这……"羿星和木梨艳、水冰月相互望了望。所有人的目光都汇聚到三个地球人身上。羿星心里翻腾着，不告诉国王真实原因吧，怎么取得国王的信任？实话实说吧，万一他也像龙国王那样要求借用"飞鱼号"攻打对方怎么办？

羿星最终决定实话实说。因为他想万一紫国王也像龙国王那样要求借用"飞鱼号"攻打龙国，那还是坚决不同意。

"因为我们启动了空间变换装置。"羿星解释说，"就是说，当我们启动这个装置后，飞船就进入了四维空间，此时，在三维空间里的人是看不见四维空间里的物体的。因此，你们的防空部队和王宫护卫看不见我们的飞船。"

第三章 紫 龙

地外诱惑

"感觉挺玄,"国王兴趣浓厚地说,"不过本王非常感兴趣,能否让本王感受一下,就是说,本王到你们的飞船上体验一下进入四维空间的感觉。"

又是一个难题!

"这……"羿星为难地说,"不是不可以,只是,我们的空间变换器不完善,万一出现意外,后果无法预料。"

"哦,"紫国王正了正身子,"你们使用空间变换器时出现过意外吗?"

"还没有。"羿星据实回答。

"那你怎么知道到了本王就偏偏会出现意外?"国王的眼睛直视羿星。

这话可把羿星他们几个人问住了。他们说不出理由,只好同意紫国王感受四维空间的要求。

于是,众人一起来到公主花园。

"飞鱼号"依旧静静地泊在那里。羿星让木梨艳、水冰月和王子闪、如花公主及众大臣一道都待在草坪上,不要上飞船。他和国王及国王的一名贴身护卫上了飞船。

羿星摁下了空间变换器的白色键钮……

飞船舷窗外原本明亮的天色忽地暗了下来,紧跟着,一道又一道炫目的闪电唰唰地在舷窗上划过去、划过去……这景象跟以前经历过的太不一样了,羿星心里吃惊不小。

突然,所有的闪电都消失了,天色忽地又亮了起来……

羿星正疑惑间,忽听紫国王的贴身护卫惊恐地叫起来:"国王,您的王冠,您的头发!"

羿星急忙转脸看去——太可怕了！只见国王的王冠及头上晶紫色的披肩发都不翼而飞，整个脑袋成了"不毛之地"，宛如光滑的芒果。再看那个贴身护卫，他的头发倒没减少，可翅膀上的羽毛却不知去向了。

空间变换器果真出错了，羿星像陡地挨了一闷棍。他急忙伸手摁下了黑色键钮，然后不知所措地望着国王。国王突然气急败坏地大吼一声："把他给我抓起来，把所有的地球人都抓起来！"

空间变换器在节骨眼上出乱子，令羿星他们猝不及防。虽然如花公主苦苦求情，但恼羞成怒的国王还是下令把地球人统统囚禁起来。他要地球人老实交代是不是龙国派来的奸细，为什么要弄走他的王冠和头发，否则，休想返回地球。

他们三人被囚禁在一座孤独的小岛上，小岛四周，是水天相连的汪洋大海……

羿星、木梨艳、水冰月谁都没想到事情竟会变成这模样。现在，不但他们成了阶下囚，而且，王子闪和如花公主的亲事、紫龙两国的和好之事都将蔫掉，而找寻木落的事更是变得无限渺茫。这使他们的心情变得异常沉重。不过，他们谁都没有后悔跟王子闪一起去面见紫国王。他们觉得，现在要做的事，是尽快逃离这座孤岛，找到"飞鱼号"。

但是，如何才能逃离这个四周环海的孤岛呢？

自从那天遭遇空间变换器出错之后，羿星一直惴惴不安。那天，同在飞船上的三个人中，国王失去了王冠和头发，护卫失去了翅膀的羽毛，那么，自己的身体会不会也糊里糊涂

第三章 紫 龙

地外诱惑

地缺少了什么呢？羿星认真地检查过自己的身体，似乎什么零件都没缺少。不过，他后来发现，自己有了特异功能——如果他想飘飞起来的话，他的身体就真的会飘飞起来。不知道这是怎么回事，但想到紫国王和护卫的身体能够失去东西，那自己的身体出现变化也就没什么好大惊小怪了。羿星发现自己会飞也很偶然。国王起先把他们三人囚禁在一座四周是高墙的独楼里。当时，羿星望着笔直的高墙，心里想，我要是会飞翔就好了，那样就可以飞出去，找到"飞鱼号"来搭救木梨艳和水冰月了。他这么想着的时候，身体竟真的飘飞起来，飘向空中，飘出高墙。这使他自己都吃惊不小。木梨艳和水冰月惊讶得甚至叫起来。而看守人员马上认定这个狡猾的地球人企图逃跑，立即扇起翅膀赶上去将他擒住，而他已无法反抗。因为当时为了表示自己的坦诚，他是把所有的防卫武器都卸在飞船上后才去见紫国王的。

为防地球人逃逸，紫国王下令把三个地球人囚禁在茫茫大海之中的孤岛上……

正当三个地球少年冥思苦想出逃办法却又一筹莫展的时候，一天，空中出现了一艘蝙蝠状的飞行器。那时，刚好是三个地球人每天自由活动的时间。他们看见飞行器在小岛上空盘旋一圈后突然降落在小岛的一片沙滩上，岛上十余个武装看守人员立即手执武器飞扑过去。而这时飞行器的舱门打开了，几个身着紧身银衣的没有翅膀的人从舱内冲了出来。没容看守人员说话，银衣人就以迅雷不及掩耳之势朝看守们

一阵扫射，眨眼间，看守人员全都倒在地上……

三个地球少年惊讶得不知如何是好。只见那几个银衣人迅速朝他们这边跑来，边跑边喊："我们救你们来了，快上飞船。"

什么，他们是来救我们的？三个少年一阵狂喜，没容细想便拔腿飞奔过去，与银衣人一道上了蝙蝠形飞船。飞船立即升空离开小岛……

"你们自由了！"一个被其他银衣人称为"酋长"的黑皮肤、大脸庞、小眼睛的中年人伸出手热情地跟羿星握了握。

这一切来得太突然了，简直就跟做梦一样。

"谢谢你们！"羿星感激地说。

"你们是什么人啊？"木梨艳好奇地问。

"跟你们一样，是地球人。""酋长"呵呵笑着，跟木梨艳打了个"太极"。

"他们叫你'酋长'，难道你们是哪个部落的人？"羿星笑着问。

"酋长"笑了："是地球的球，球长，你可以理解为地球之长。"

听了这话，羿星第一个反应就是——挺狂的！

"你们为什么要救我们啊？"羿星继续问。

"因为想救呗！"球长继续打着"太极"。

会不会是父亲派来的人？可是，自己从未告诉父亲自己的行踪啊！搞不懂！

"谢谢你们相救。"木梨艳说，"可是，你们不该把那

第三章 紫 龙

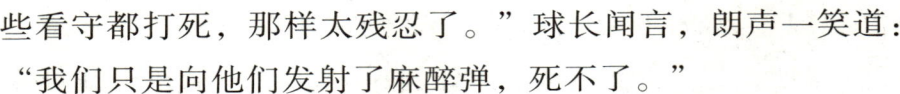

些看守都打死，那样太残忍了。"球长闻言，朗声一笑道："我们只是向他们发射了麻醉弹，死不了。"

"真的？那我们就放心了。"木梨艳顿觉轻松了许多。

"你们现在要去哪儿？"羿星问球长。

"你们想去哪儿？"球长反问。

"我们的'飞鱼号'还在公主花园，我们想先找回飞船，然后再去寻找木落。"

"木落是谁？"

"是我们的一个同伴，他失踪了。"

"那我们帮你们寻找吧。"

"那太谢谢了！"

他们很快就找到了"飞鱼号"，并且，银衣人用一些麻醉弹很快就摆平了看守飞船的王宫护卫。

羿星、木梨艳、水冰月又重返"飞鱼号"了。球长说想参观参观"飞鱼号"，也带着一高一矮两名银衣人上了"飞鱼号"……

第四章 浮岛

"飞鱼号"平静地飞行着……

"这玩意儿一定就是空间变换器吧？"球长一下就发现了固定在控制台上的空间变换器。

"咦，你怎么知道它是空间变换器？"羿星感到非常奇怪。

"我当然知道。"球长得意地说，"我奉命出来找你们的时候，你父亲羿日院士特地让我转告你，关于弥补空间变换器缺陷的补丁研发工作已接近尾声，但一直无法跟你联系上。他交代我找到你后让你立即跟他联系，因为这时可能研发工作已结束，他好把补丁传给你。"

"真的？"羿星激动地说，"我老爸太伟大了！"他又转向木梨艳和水冰月问："你们听到了没有？"

"听到了，你爸太伟大了！"两个女生笑着说。

自从那次在太空跟父亲说了最后一句话后，怕暴露自己的行踪，羿星一直不敢跟父亲联系。现在，既然父亲已研发出补丁，当然得让他将补丁传过来。

他立即掏出量子电脑跟父亲联系——

羿星："老爸，听说你已研发出补丁，请速传来。"

羿日："你听谁说的？你以为我是孙悟空啊，拔根猴毛

地外诱惑

就可以变出自己想要的东西。你现在在哪里,快告诉我星域位置!"

羿星:"你把补丁传过来,我就告诉你。"

羿日:"我还没研究出来,难道你信不过你爸?"

羿星愣住了,父亲不像是在卖关子,他恐怕真的还没研究出补丁。他知道父亲的性格。但这个球长怎么说父亲已研发成功了呢?

球长见羿星对着量子电脑发愣,问:"羿日院士把补丁发过来了吗?"

羿星把眼睛从电脑上抬起,问:"你们到底是什么人?"

"你父亲的朋友啊。"球长说。

父亲的朋友?怎么从未听父亲说起过有这么个朋友?他一直对自己的身份藏头藏尾,这其中会不会有什么问题?

"我看看,羿日院士说了什么?"球长伸手要拿羿星手中的量子电脑。

羿星急忙将量子电脑往口袋一塞说:"一时联系不上。"

球长半开玩笑半认真地说:"怕我看见了学走了技术是不是?"

"不是不是。"

"既然不是,那就教我玩玩这玩意儿。"球长打开了空间变换器。

"请你别动它,它有缺陷。"羿星慌忙合上盖子。

"我知道它有缺陷,但你老爸的技术补丁不是很容易就可以弥补它的缺陷吗?"球长又打开了盖子。

138

木梨艳一开始就对球长的说话腔调很反感,但碍于人家的出手相救之情,所以一直没有发作。现在这种反感简直要从鼻子里冒出来了,她忍不住说:"你这人好奇怪,人家已经请你别动它,你还偏要动。"

"你这小妮子,说话还挺不客气。我这个人偏就爱顶牛,你们不让动我偏就想动它,怎么啦?"球长伸手朝空间变换器的白色键钮上揿去。羿星见状急忙伸手阻止……

"飞鱼号"似乎一下子被吸入了黑洞,船内所有人的耳朵也一下子什么都听不见了,而飞船也像是变成了过山车,忽高忽低、忽左忽右地疾驰着……忽地,飞船又仿佛逼近了某个巨大的光源,强烈的光芒刺得人睁不开眼睛,同时,飞船开始剧烈地颠簸起来……一会儿,飞船的颠簸幅度减缓了,舱外强烈的光芒也渐渐收敛起来。蓦地,飞船像被什么东西粘住了似的一动不动,所有人的听觉又神奇地恢复了。

"小子,你搞什么鬼!"众人恢复听觉后听到的第一个声音就是球长的骂人声。

"你才搞鬼呢!叫你别动你偏要动。"羿星愤怒的声音。

"我才动一下飞船就变成这样?"球长不服气。

"可不就变成这样!"羿星火气依旧。

"我们球长动就动了,怎么样?"高个银衣人过来推了羿星一把。看架势,他像是球长的保镖。

"讲话讲理,你想打人啊?"木梨艳冲上去拦在高个银衣人面前。

"别吵了,你们看,我们这是到了什么地方啊?"水冰

第四章 浮 岛

139

地外诱惑

月尖声叫起来。

舱内一下安静下来，所有人的目光都望向了飞船外。

透过高度清晰的飞船前窗，只见飞船外飘荡着一片薄薄的银雾，既望不见星光点点的太空景象，也见不到起伏的山峦、紫色的原野、潺潺的河流……空中洒下清冷的光，如明亮的月夜，却见不到皎洁的月儿，地面也像是被月光镀过一般，银亮亮的——一个迷离的世界！

前面约两三百米远的地方，隐约可见一个巨大的漏斗状的物体耸入天空；漏斗的另一边，有两个银色的"蒙古包"和一幢低矮的房屋。

"见鬼，飞船怎么会降落到这个地方？"球长嘴里嘀咕一句。

羿星突然在控制台上操作起来，操作了几下，他惊恐地叫起来："糟了，飞船失去动力，而且所有的操作仪器都失灵了！"

"我来试试。"球长说着，便叫羿星让开，坐下动手操作起来……

"这不可能！"球长不相信地停了手，扭过头来盯着羿星说，"你小子使坏了吧？"

"你才使坏哩。"羿星气呼呼地说。

眼看两人又要吵起来，忽听水冰月喊道："快看，好像有个人跑过来了！"

所有人的目光都被牵引到了飞船前方——果然，从"蒙古包"的那边，有个模糊的身影正朝"飞鱼号"跑来……众

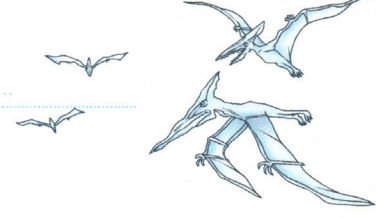

人的目光全都聚焦到那个身影上……

"好像是木落……"木梨艳叫起来。

"对，好像是。"水冰月也同意。

人影渐渐地跑近了，只见他边跑边挥手，嘴里还边喊着什么……

"是木落！"木梨艳、羿星、水冰月三人都兴奋地同声叫起来。

"快，打开舱门！"木梨艳迫不及待地朝羿星喊。

"哎呀，仪器失灵了，门能不能打开？"水冰月担心地说。

羿星边朝舱门跑边说："可以用手动方式打开的。"

舱门被打开了……

"木落！""姐姐！"木梨艳激动地把弟弟紧紧抱住了。

"木落，来，让姐姐好好看看你。"水冰月边擦去眼里激动的泪水，边把木落拉到跟前仔细地看着。她在木落胖嘟嘟的腮上捏了一把说："是木落，我刚才还怀疑是做梦哩。真高兴死了！"

"姐，船长，我想死你们了，你们怎么知道我在这啊？"木落亲热地拉住羿星的手。

羿星就把木落失踪后的遭遇向他作了简要的介绍，末了说："幸亏找到你，否则你姐跟我没完。"

"木落，这是什么地方啊？"水冰月问。

木落茫然地摇摇头。

"那你怎么到这个地方来的？"木梨艳感到奇怪。

木落挠挠头皮回忆道——

第四章 浮岛

地外诱惑

"那天,我在树林里采摘了许多新奇的野果,正坐在一棵树下大快朵颐,突然,我的跟前出现了一个五色光影。那光影的形状和传说中的凤凰一样,非常漂亮而且神秘。我想,这一定是一只外星鸟了,就情不自禁地伸出手去想抚摸一下。谁知,这外星鸟见我伸出手来就向前飞去,而我的身子竟不由自主地悬浮起来跟着外星鸟一道向前飞去……一眨眼,我的身子跟着外星鸟飞入了一条黑暗的通道……速度越来越快,耳际却听不到呼呼的风声。我吓得大叫姐姐、流星语、水冰月姐姐,你们快来救我呀,可是你们没有出现。我想停止飞翔,可怎么也停不下来,有一股神秘而强大的力量吸引着我。我无法自控地往前疾飞。不知飞了多长时间,突然,咚的一声,我感觉自己一屁股坐在了地上……"

说到这,木落愣愣地望着大家,似乎还没有从极度的恐惧中恢复过来。

"是不是就这样到了这里?"木梨艳问。

"对,"木落点点头,指着远处那个耸入天空的漏斗状的物体说,"我就坐在了那个大漏斗出口下的地面上了。我想跟你们联系,却发现玄通灵失灵了。"

"难道是那个大漏斗把你吸来了?"羿星很诧异。

"我想是的。"木落点点头。

"这我感兴趣,小弟弟,你说说,这大漏斗是什么东西?"球长突然插了进来。

"不知道。"木落摇摇头说,"我也很想知道那是个什么东西。"

"这地方还有其他人吗？"水冰月问。

"有，"木落用手一指，"在那个浮岛上。"

众人这才注意到，在"飞鱼号"后面几百米远的地方，隐约可见一幢风格奇异的塔式建筑。该建筑的尖顶上方约百米的空中，悬浮着一个球形的东西，似一颗大明珠，闪着绿莹莹的光。

"那边住着什么人？"球长问。

"不知道。"木落还是摇头，像是个一问三不知先生。

"走，我们过去看看。"羿星说。

"过不去的。"木落说，"那边是个大浮岛，我们这边是个小浮岛，两个浮岛之间只有一根细细的链条相连着。走，我带你们参观一下就知道了。"

大家跟着木落来到浮岛的边上，扶着栏杆向下一望，只见下面银雾缥缈，深不可测；再望望远处约五百米远的那个大浮岛，恰如一叶巨大的浮萍，悬浮在银雾缥缈的虚空之中，显得那样孤寂、冷峻！众人都不由得倒抽一口冷气。

"你怎么知道对面那个浮岛有人啊？"木梨艳问木落。

木落指着浮岛上那两个"蒙古包"边上的那幢低矮的房屋告诉大家，那是个对话间，他是在那个对话间里跟对面的那个女人说话的。

"女人？"球长说，"你怎么知道对面是个女人？"

"我听得出来，那是个女人的声音。"木落肯定地说。

"那你一个人在这里吃什么呀？"木梨艳不解地问。

"那屋子里有水和营养片，吃两片肚子就饱了。"木落

第四章 浮 岛

地外诱惑

咂咂嘴说,"味道有点像巧克力。"

"你有没有问那个女人为什么把你弄到这个地方来?"木梨艳问。

"问了,她说,为什么要告诉你,还说,反正到了这里就别想离开了。"

听到这,木梨艳气愤地说:"走,我们到对话间里跟那个女人对话去,问问看,这是什么地方,为什么要把人家弄到这里来,还不让人家离开。"

对话间内设施非常简单,看不到任何照明灯具,却有一种月白色的光,似乎这种光直接来自于墙壁。房间临窗的地方,靠墙放着一张金属条案,案上摆着一个不大的老式收录机模样的东西。整个屋子简单得连一把椅子都没有。

"喂,喂,听到我们呼叫了吗?"木梨艳对那个收录机模样的设备呼叫道。

"听到了,什么事?"对话间里响起一个女人孤傲的声音。奇怪,声音居然不是从那个"老式收录机"发出来的。

"请问,这是什么地方,在什么星域位置?"

"这是孤岛,至于星域位置,你问上帝好了!"对方冷冷的声音。

"你是什么人?"

"岛主。"对方冷冰冰地回答。

"为什么要把我们弄到这里来?"

"我也不知道为什么会把你们弄到这里来,我想,这只能怪你们自己运气不好。"

144

"难道我们做错了什么事，你要惩罚我们？"羿星忍不住问。

"对与错在不同人的眼里有截然不同的认知，这就是这个世界的可憎之处。"

"我不明白你为什么要说这样的话，也许我们认知不同，但我们没有伤害你，请你恢复我们飞船的动力，让我们离开这里吧！"

"你们是没有伤害过我，但这个世界伤害过我，所以，我要报复这个世界。"

"你要报复的是世界，干吗不放我们走啊？"木梨艳开始急了。

"不要说那么多话了，反正到了这里的人一个也休想离开！"岛主以不容商量的口气说。

"你……"木梨艳气得正想回她几句尖锐的话，羿星却拦住了她。

"难道一点商量的余地都没有了吗？"羿星不死心地问。

沉默……

"喂，我们无冤无仇，能不能商量商量？"见对方不说话，羿星以恳求的语气希望说服对方能够提供商量的余地。

"怎么商量？"岛主的口气似乎不再那么死板。

羿星心中一喜，说："哦，如果我们能够坐下来商量是最好不过，那样更便于沟通。"

"那好啊，你要是能够过来，我可以跟你面对面商量，甚至可以让你离开这里，就怕你没这个能耐。"

第四章 浮 岛

地外诱惑

"那你恢复我们飞船的动力,我们就马上飞过去。"羿星说。

"我干吗要帮你恢复飞船动力,你们有能耐的话自己恢复啊。"女人不冷不热地说。

"你这不是故意刁难人吗?"木梨艳又要急了。

"故意刁难人又怎么啦?"岛主的口气又开始不对味了。

木梨艳又要说什么,羿星拦住她,对着"收录机"说:"对不起,请问,你刚才说如果我们能够过去的话,你就同意放我们走是真话吗?"

"你不相信?"女人没有直接回答。

"我相信你说的是真的。好,你等着。"羿星转身对大家说:"你们等一等,我去试试看。"

是我眼睛有点花,还是监视器的成像系统有问题,这个少年的容貌真像那个人啊。可惜,这个世界真的东西太少了,怨不得我痛恨这个世界!

活见鬼,我的时光倒流实验最近老是在最后关头闯不过关,时光漏斗老是出岔子,莫名其妙地把这些干扰我宁静心态的人弄到浮岛来。算他们倒霉,来了就不能让他们离开了,离开了,我这里的秘密岂不被泄露出去了!这个少年想离开这,他有能耐过得来吗?连接大小浮岛的只有一条细细的纳米链条,他能像猴子一样抓住链条爬过这五百米的距离?量他没这个能耐。当然,我巴不得他能过来,那样,可以近距离仔细打量打量他。见鬼,我怎么突然又想到那个负心人,

146

那个让我痛恨这个世界的人！这个少年像那个人又怎么样，不像又怎么样，反正这个世界就要不复存在了。

摒除杂念，潜心实验，让这个可憎的世界早点灭寂吧！

咦，那是什么飘飞过来？是那个少年？！他竟然能够不借助任何器具而飞翔？！他是地球人吗？如果是，岂不颠覆了固有理论，不可能，他一定着了魔！

他真的飞过来了，并且落到大浮岛上。他在说什么？我忘了打开隔空对话器了，赶快打开吧。

我听见他叫着："我飞过来了，你在哪儿，你出来！"

好，那就让他靠近点吧。

"我在球形主控室里，你飞上来吧！"

他飞上来了，现在，他的身子正在球形主控室的玻璃外。他把脸贴在玻璃上往里瞅。在主控室工作灯的照耀下，他的容颜清晰可见。他比在监视器里看到的更像那个人——瞧，线条鲜明的五官恰到好处地镶嵌在雕塑般且极具男性魅力的脸庞上：新月般的眉毛，秋星般的眼睛，眉宇里透着的那股坚毅与叛逆，挺拔的鼻梁，帅气十足的嘴唇，还有那健美的身材。这些，都太像那个人了！

"你叫什么名字？"不知为什么，我突然很想知道他的名字。

"我叫流星语。"

刘心雨？我这是怎么啦，怎么突然有点失望？

"你是什么星球的人？"我问他。

"我是地球人。"

第四章 浮 岛

"我不信,"我说,"据我所知,地球人是不会飞翔的。"

"可我真是地球人。"他急忙分辩。

"那些人,就是那些没有飞过来的也是地球人吗?"

"是的,也是地球人。"

"那他们为什么不会飞翔?"

"我本来也跟他们一样不会飞翔。"

"那后来怎么变得会飞了?"

"后来,那一次……"他突然迟疑起来,"突然就会飞翔了。"

"那他们为什么不会突然会飞翔了?"

我这话一下把他问住了。他半晌答不出话来。说实在的,一个地球人居然会飞翔,除非他成了仙或成了精,要不,什么理论都无法解答。我正想着这些的时候,他说话了:"喂,岛主,你现在该兑现诺言了吧?"

"诺言?什么诺言?"

"放我们离开浮岛啊。"

"我什么时候答应放你走?"

"你刚才不是说你说的是真话吗?"

"我刚才高兴,现在不高兴,不行吗?"

"你怎么能这样?"

"我干吗不能这样,告诉你,年轻人,我就是要让你知道这世界上的一切都有可能是假的,懂吗?"

"你……"少年似乎一肚子的委屈,"我不懂,我只要你兑现自己的诺言。"

看着少年焦急的模样,我的心突然有一种异样的感觉,似乎微微软了一下,这可是这些年来从未有过的。我立即调整了一下自己,说:"你不知道,我的灭度计划实验就要成功了,看到小浮岛上的那个时光倒流漏斗吗?实话告诉你吧,灭度计划成功后,整个宇宙的时光就会开始倒流,直至倒流回奇点。那时,整个宇宙都将灭寂,你能离开这个宇宙吗?所以你们离开这里已没有什么意义了。"

"你不应该毁灭宇宙的,宇宙本身并没有伤害你呀!"他说。

我想,再跟他理论下去肯定没完没了。我得紧抓时间完成我的实验计划哩,就打发他说:"跟我讲大道理,你还嫩着呢。走吧,回到小浮岛上去吧!"

"我的话还没完哩。"他急得用手拍着玻璃。

我不搭理他,伸手关掉了主控室的工作灯,黑暗一下子罩了下来。

少年终于依依不舍地从主控室外飞走了……

我望着他飞去的身影,一种惆怅蓦地升起在心头……

这真是一个不可理喻的人,语言系统跟常人根本不一样,但是,她的容貌多么熟悉啊,仿佛在哪儿见过的。对了,在小时候观看的父亲收藏的光盘里见过。奇怪,这女人除了比母亲多一种沧桑感之外,真的太相像了,她会是自己失踪的母亲吗?不可能,母亲绝不会是这种性格乖戾的人!这么想着的时候,羿星越过五百米宽的"天堑",飞到小浮岛上空

第四章 浮 岛

地外诱惑

了。他看见几个同伴以及球长和他的两个保镖都在地面眼巴巴地望着他。他立即飞了下去……

"好小子,拜哪个高手学得这身轻功?"球长挤到羿星跟前问。

羿星觉得很可笑,就说:"跟少林寺方丈学了几年。"他又看了看球长及他的两个保镖,故意说:"不要惹我,小心我的武功走火入魔!"

球长居然往后退了退,似乎真的相信了。

"怎么样,岛主答应放我们走了吗?"水冰月问。

"没有。"羿星懊丧地摇摇头。

"为什么?"众人问道。

"她说,我们离开这里已经没有什么意义,因为她的灭度计划实验就要成功了。灭度计划成功后,整个宇宙的时光就会开始倒流,直至倒流回奇点。那时,整个宇宙都将灭寂。"羿星把岛主说的话转述了一遍。

一时间,没有人说话。

"如果她说的是真的,那就太可怕了!"水冰月喃喃道。

"船长,时光倒流回奇点,整个宇宙都灭寂了,是不是我们都要死了?"木落拉拉羿星的手。

木梨艳一把揽过木落:"别信那女人的话,她是个神经病!我们只管想办法逃走,不要理睬她的话。"

"哎,不行不行。"球长连连摇手振振有词道,"我们怎么能这么自私呢?万一她说的是真的呢?那么,整个宇宙就将面临毁灭的命运,我们对万物生灵怎么能见死不救呢?

150

再说，宇宙毁灭了，我们又能逃往何处？"

水冰月频频点头，她觉得球长说得入情入理。待球长说完了，她不禁问："那你说我们该怎么办？"

"我们不能逃之夭夭，我们要想办法阻止她的灭度计划，比如摧毁她的实验设施或杀死她。"球长的两只小眼睛在清冷的天色里闪着幽幽的光。

"她并没有伤害我们，我们何必伤害她。我觉得这不妥。"羿星表示不同意。

"等她伤害我们或实验成功时就太晚了。"球长反驳道。

"我看能逃离这个地方最好，这样，她伤害不了我们，我们也没必要伤害她，我可不相信她能让时光倒流回奇点。"木梨艳像个世外高人似的一脸不在乎。

"那你说我们怎么逃走啊？"水冰月问。

"想办法找机会呗，我现在要是有办法，早离开这里了，还说这么多废话。"木梨艳说。

"你这小妮子，还是想逃走，一点责任感都没有。"球长对木梨艳的态度十分不满。

"反正现在想逃也逃不掉，我看，我们还是先想办法让岛主回心转意，停止她的灭度计划，这样岂不是两全其美，万事大吉？"水冰月提出了自己的看法。

羿星点点头："嗯，也只好这样了。"

其他人都没有异议。

"那这事就议到这吧，我困了。"木梨艳对球长及他的两个保镖说，"你们三个请到'蒙古包'休息，我们回自己

第四章 浮 岛

151

的飞船去，井水不犯河水。"说罢，她拉着水冰月和木落头也不回地朝"飞鱼号"走去。

球长在地上顿了一脚："这小妮子，比我还狂！"

木梨艳他们四人在飞船上睡了几个小时，起来吃了饭，又走出船舱。天上依然是清冷的光，浮岛上仍然飘荡着淡淡的银雾，跟刚到浮岛时见到的没有任何变化。木落说，这浮岛总是这样，没有白天黑夜之分的。

球长看见羿星他们几个人，也带着保镖走出"蒙古包"。

"怎么样，年轻人，想出好办法没有？"球长问。

羿星和木梨艳不搭理他。

"暂时没有。"水冰月答道。

"恐怕得抓紧时间想出办法，要是被岛主先实验成功了，就什么都完了。"球长充满紧迫感地说。

"那你想出法子没有？"羿星问。

"有点眉目。"

"哦？"羿星一下认真起来，"能否说说。"

"只是一点眉目而已，一时说不清楚。"球长推托道。

"看，飘飞车！"木落叫起来。

众人都把脸转向了同一个方向——只见一辆银色的飘飞车无声地从大浮岛朝这边飘飞过来……

然而，它并没有在小浮岛上降落，而是不断升高，直至飞到了那个耸入天空的大漏斗的上方，然后又往下飞进了大漏斗里……

这是怎么回事？众人纷纷猜测起来。

"该不是又打算把什么人弄到这儿来吧?"木落说。

"这大漏斗会不会是通往外面世界的一个通道,岛主坐飘飞车到外面逛荡去了?"水冰月猜测道。

"不对不对,"球长自信地说,"这大漏斗一定是她的实验装置,她一定是坐着飘飞车到里面进行什么实验或排除什么故障去了,不信你们看,过一会儿,飘飞车就会飞出来的。"

羿星觉得球长分析得有道理。

球长说:"这可是机会,等飘飞车飞出来时,大家一齐呐喊,让她降落下来,以便我们与岛主面对面对话,劝她放弃极端计划。"

"好主意!"水冰月表示赞同。

羿星和木梨艳也觉得有一定道理。于是,大家都眼巴巴地望着大漏斗上方。约莫过了一顿饭的工夫,飘飞车果然飞出大漏斗的大口子了。

"请停下,我们有话说!"地面上所有的人一起朝飘飞车高声喊。

几声响亮的喊声过后,飘飞车突然降低了高度,绕着众人飞了两圈后真的降落下来。

羿星看见,飘飞车里坐着两个女人,坐在驾驶员旁边的正是岛主。

车窗敞开了。

"你们有什么话说?"岛主开腔了。

众人一时不知说什么好,也许,都被她的美貌震慑住了:

第四章 浮 岛

153

地外诱惑

白玉般皎洁的面庞，美丽的凤眼，冷艳的神情，高贵的气质，配上飘逸的秀发和银色的服饰，整个儿给人以神仙般的感觉。

不知为什么，羿星再次想到了自己失踪的母亲。

"没话说我可要走了。"岛主又说了句。

"请问，你真的打算毁灭宇宙吗？"水冰月问。

"怎么，不行吗？"岛主反问道。

"你这么美，不应该做这么不美丽的事。"水冰月很有艺术地开始开导。

"毁灭宇宙就不美丽了吗？让宇宙回到奇点，让一切的虚情与假意、丑恶和痛苦，乃至恩恩怨怨、蝇营狗苟都不在，那是一件多好的事。"岛主一副丝毫不为所动的神情。

"可是……"水冰月不知该怎么说了，她求救似的把脸转向了羿星和木梨艳。

"时光不可能倒流回奇点的，你应该放弃你的计划。"木梨艳说。

"是吗？那你就等着看我是怎么让时光倒流的吧！"岛主十分自信地说。见众人一时无话可说，岛主转脸对女驾驶员说："兔儿，我们走吧。"

正在这时，羿星他们意料不到的事情发生了，只见球长的两个保镖突然冲上前去，将黑洞洞的枪口对准了飘飞车内的两个女人。

"你们走不了了！"球长得意扬扬地说。

岛主轻蔑地从鼻孔里哼了一声，只见她的银衣突然发出一道刺眼的银光，两个保镖同时飞出老远"噗"地摔在地

上……

"把那个少年身后的小眼睛银衣人也处理一下。"岛主吩咐兔儿。

"谁也不许动!"球长突然用左臂扼住了羿星的脖子,并把枪口对准了羿星的脑门叫道,"岛主,可别让我杀了你儿子。"

风云突变,除球长外,所有的人都惊呆了!

球长见木梨艳要上前来,用枪指指她说:"你们都不许靠近我。"木梨艳无奈地站住了。

"你说谁是我儿子?"岛主镇静地说。

"他。"球长得意地用枪口指指羿星。

"何以为证?"岛主仍然喜怒不形于色。

"嫦凰,你真的认不出我了?"球长突然问岛主。

岛主的身子震了一下,她凝眸打量了一下球长,脑子里蓦地出现了在国际空间大学学习时拼命追求自己的一个高才生的形象。她不禁脱口道:"乌基!"

"好,总算认出来了。"球长似笑非笑道。

"变得可真厉害啊,你从前的脸哪有这么大,眼睛哪有这么小。"嫦凰感叹道。

"时光会改变一切嘛。"乌基说着话,可没放松警惕,枪口依旧对准羿星的脑门。

"你刚才说他是我儿子,何以为证啊?"嫦凰问。

"哈哈,他父亲叫羿日,是你我的同学,你不会不认识吧?"乌基对羿星说,"你自己跟你妈说吧。"

第四章 浮 岛

地外诱惑

母亲,她是自己的母亲!羿星突然觉得有千言万语要倾诉,喉头却像被什么堵住了。他费了好大劲,才挤出一句:"我真是羿日的儿子,叫羿星,您真是我母亲吗?"

"你不是说你叫刘心雨吗?"嫦凰平静地问。

"那是我网名。"

嫦凰点点头,冷冷地看着乌基问:"乌基,你想怎么样?"

乌基不答话,从口袋里摸出一个什么东西塞进羿星口中说:"吞下去,不然你脑袋就得漏风了。"

"你要干什么?"嫦凰大声呵斥道。

"没什么,"乌基故意轻描淡写道,"只不过呢,你儿子刚才吞下了我的白痴丸,三天,也就是七十二小时之内若没有服下解药就会变成白痴。解药在我手中,你知道该怎么办了吧。"

"卑鄙!"嫦凰从牙缝里挤出两个字。

"随你怎么说,反正你看着办吧。"乌基也不生气。

"坏蛋!"木梨艳忍不住骂道。

"好,我放你们走,但你得先给羿星服下解药。"嫦凰对乌基说。

"走?我现在不走了!"乌基居然不答应。

"那你想干什么?"嫦凰凤眼含怒道。

"你知道,我曾经真心爱过你,你却选择了羿日,可羿日却伤透了你的心,那样的人根本不值得你爱。好了,过去的事就让它过去吧。我们还有未来啊,我们可以掀开生活新的一页啊。"说到这,乌基似乎动了感情。他柔声说:"嫦凰,

156

我现在依然深爱着你，嫁给我吧。我现在拥有横跨五大洲的独立的空间公司，集科研、开发、应用于一身，智可通天，富可敌国。我可以帮你完成实验，即使到时世界毁灭我也不枉此生。"

"神经病！"羿星挣扎着身子吼道。可他的脖子被乌基牢牢钳住。

"厚颜无耻！"嫦凰咬牙切齿道。

乌基自然不会看不出嫦凰对他的态度，只好说："如果我们今生无缘，也不勉强你，那么，换一种条件吧，请你告诉我时光漏斗的秘密，怎么样？"

"休想！"嫦凰当即斩钉截铁地回绝了。

乌基也不生气，说："我也不逼你马上答复，毕竟思想转变也需要有个过程嘛。好好考虑一下，给你三天时间，七十二小时之内，二者选择其一。"

嫦凰眼神复杂地看了看羿星，又冷冷地横了乌基一眼，令兔儿返回大浮岛了……

当天午后（这个时间是以电子表所显示的为准），大漏斗的出口处突然冒出了一个女人。当时，羿星他们刚好正察看并琢磨着大漏斗……

"雪浅阿姨！"羿星惊奇地叫起来。

"小羿！"那女人也叫了一声并急忙朝羿星跑过来。

"你怎么在这儿？这是什么地方？"雪浅边问边扫视了一下羿星的三个同伴。

第四章 浮 岛

地外诱惑

羿星嗫嚅道:"你怎么到了这里?"

"我也不知道啊。"雪浅告诉羿星,"前一刻,我正在家中的露台上给花儿浇水,突然,我的跟前出现了一个光影,五色的,奇异的是,这光影的形状就像一只飞翔着的凤凰一样,漂亮极了。我情不自禁地向光影伸出手去,谁知,凤凰突然向前飞去,而我的身子竟不由自主地跟着它一道飞向前去。一眨眼,我的身子进入了一条黑暗的隧道。我跟着凤凰向前疾飞。我想停下来,可根本不可能,因为前面有一股奇异的力量吸引着我。不知飞了多长时间,突然,咚的一声,我就跑到这来了……"

雪浅所述内容跟木落所说的简直如出一辙,很显然,是这个时光漏斗把她给吸来了。

"你爸找你都快找疯了,你怎么跑来这里?"雪浅的口吻带着明显的责备。

羿星就把自己跟伙伴出走太空后的经历简要地向雪浅做了介绍,也把到浮岛后遇到的事说了一遍。

"原来她跑到这个地方来啦!"雪浅沉吟片刻说,"我不明白,你母亲为什么要这样。"

"我也不明白。"羿星眼神一片茫然。

"十几年没见到她了,我想见见她,跟她说说话。"雪浅说得很诚恳。

"她在那个大浮岛上,那有个对话间,在里头可以跟她说话的。"羿星指指不远处的对话间。

"那我们先到对话间跟她说说话吧。"雪浅望着大浮岛

方向说。

她怎么到了这里？一定是时光漏斗又出了问题！她还像从前一样妩媚动人，这只狐狸精！好，也算老天有眼，在我的实验即将成功、一切都将灰飞烟灭之际，让我能够看到这个女人是怎样在极度的恐惧中熄灭生命之火。

"大记者，你到这采访谁呀？"我挖苦道。

"我不知道为什么会来到这，当然，如果你愿意接受我采访的话，我很感激。"她盯着对话器，似乎要在里头看到我，但她是不可能看到我的，而我却能够看到她。

采访我，假惺惺！这世界就可恶在这里！

"我不是你所希望的采访对象，那个羿日院士才是你感兴趣的，当然，也许你已经把他搞到手了。"

"请你尊重我。"

尊重你？笑话，你懂得尊重别人吗？如果不是你这样招蜂惹蝶的女人在男人周围晃来晃去，世界将会平静得多！

我冷笑道："怎么，我说的不对吗？"

"羿日院士他一直没有忘情于你，他至今孤身一人。"雪浅以超乎我想象的平静口吻说。

她说的是真的吗？然而，就算真的又怎么样？他的种种表现已充分表明真爱并不存在，我们早已变成两颗运行轨迹完全不同的恒星了。

"他至今孤身一人，那你还等什么，等我给你做大媒？实话告诉你吧，我正在实施灭度计划，我的实验一旦成功，

第四章 浮 岛

时光就会倒流回奇点。那时,整个宇宙都将化为乌有,你不抓紧时间就来不及了!"我故意气她并让她恐惧,我想看看她的反应。

她竟然没有反应,而是说:"这么说,世界的末日快到了。那我也实话告诉你吧,我喜欢羿日院士,这也许是我至今依然单身的原因。你可以认为我至今还在等待他,但是,我懂得尊重他的选择。"

真情告白?!可惜弄错了对象。

没有见到她对死亡的恐惧让我多少有些失望。我心里的气突然蹿出来:"你懂得尊重他,哼,整天缠着他,你懂得尊重我吗?"

"采访是我的工作,我想不到你会往歪里想。"

明明想勾引男人,还假装无辜!看,这个世界就是这样的令人深恶痛绝!

"这么说,是我的不是了?"我冷冷地说。

"其实,你不应该选择逃避,更不应该选择对世界对宇宙采取极端的态度和手段,我相信你内心是善良的。现在放弃你的灭度计划还为时不晚。"

放弃灭度计划,让这样虚伪的女人还活在世上?如果这么轻易就放过这样虚伪的人、这样虚伪的世界,那就太对不起自己了!

"假仁假义,做你的春秋大梦去吧!"不想跟她嚼舌头浪费时间了,我关掉了对话器。

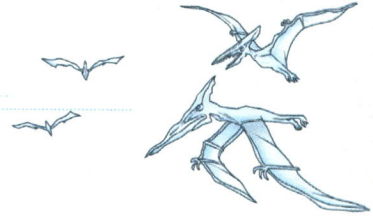

"七十二小时已经过了一半,你施展轻功飞过去问一下你妈,考虑好了没有。"乌基催促羿星。

"不用你管!"木梨艳没好气地顶了乌基一句。

羿星本不想搭理乌基,但突然很想好好看看母亲。三十多个小时前,尽管从乌基口中得知岛主就是自己日思夜想的母亲,但当时被乌基扼住脖子,哪有心思好好端详一下母亲啊。

羿星看了看同伴及雪浅说:"我去问问我妈。"他瞅也不瞅乌基和他的两个保镖一眼——这两个保镖那天并没有被嫦凰击毙,只是被击晕过去。

羿星飘了起来,向大浮岛方向飞去……

雪浅的眼睛睁得老大:"小羿会飞?"

"他说他向少林寺方丈学的轻功。"乌基自作聪明地搭腔道。

大家看到羿星刚飞到大浮岛与小浮岛之间的空中,大浮岛上就飞过来一辆银色飘飞车拦住了他……

羿星又飞回小浮岛了。

"你妈干吗不让你过去,她说什么了?"水冰月焦急地问。

"我妈不在车上,车上是她的助手兔儿。她说我妈正专心搞实验,谁也不许打扰她。"

五十个小时了,乌基见嫦凰还没有回话,便又让羿星过去找她。这次羿星没有同意。

乌基只好跑进对话间,要求嫦凰用飘飞车载他到大浮岛参观参观。但嫦凰并没有与他对话。兔儿告诉乌基,岛主正

第四章 浮 岛

161

地外诱惑

在潜心实验,请不要打扰她。

时间在流逝,距离七十二小时的期限越来越近了……

乌基已经坐不住了,再次冲到羿星跟前催促:"再过五个小时,你要是没有吃下我的解药就变成白痴了,快去问你妈拿定主意没有。"

"你急,你自己过去问她好了。"羿星一副不在乎的神情。其实,他内心不是不在乎,而是知道母亲的脾气。乌基提的两个条件她肯定都不会答应,而且也未必会放弃她的灭度计划,那么一切就只有听天由命了。

"你……"乌基拿他没办法,急得不停地从小浮岛的这一头走到那一头,又从那一头走到这一头,仿佛吃下白痴丸的是他而不是羿星。

雪浅听说羿星被逼吃下白痴丸的事后,非常震惊。她痛骂乌基没有人性,又急忙来到对话间要求与嫦凰说话,但兔儿仍然说岛主正潜心实验,任何人不得打扰。

虽说怕影响羿星的情绪大家都尽量表现得很放松,但心里头却沉重得仿佛灌了铅,祈祷羿星能够逢凶化吉、遇难呈祥。

七十个小时!离最后期限只有两个小时了!绝望的气氛已经浓得化不开。乌基已经开始骂骂咧咧了。

正在这时,众人所熟悉的那辆银色的飘飞车又从大浮岛那边飘飞过来了。众人全都围了上去。

车窗敞开,只见车里只有兔儿一人。

"怎么样,一定是嫦凰派你来转告她的抉择吧?"乌基凑上前问兔儿。兔儿没有回答乌基的问话。她环视了车外的

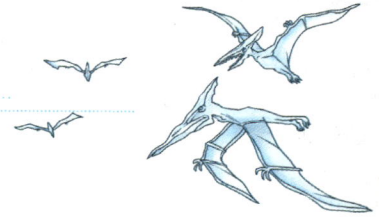

人一眼说:"你们全都坐上来吧,岛主在那边等你们。"她又交代一句:"不得携带任何武器。"

"好,她是聪明人,总算想通了。"乌基显得很兴奋。

载着众人的银色飘飞车在大浮岛上落定,一袭银衣的嫦凰已经在等着他们了。

"嫦凰,告诉我,你选择了哪一个条件?"乌基迫不及待地开了腔。

嫦凰瞥了乌基一眼,冷冷道:"我的实验工作已经全面完成,现在时光倒流程序已经启动,并且不可逆转,再过一百分钟,时光就会开始倒流,直至倒流回奇点。在这最后时刻,我想跟我的孩子在一起。当然,你们能够到这里来,也算与我有缘,反正已经没有多少时间了。在这最后时刻,我就满足一下你们的好奇心,带你们参观一下我的大浮岛吧。"

"你!"乌基的脸色一下变得铁青。他声音严重变调地骂道:"冥顽不化!"

但是,乌基和他的保镖都不敢上前动粗,因为那天他们尝过嫦凰的厉害。

"嫦凰姐,我希望你立即中止实验程序,瞧羿星他们这些孩子多么年轻、多么美好啊,你能忍心毁掉一切的美好?"雪浅想用孩子们来打动嫦凰。

"不要再纠缠这样幼稚的问题了,你如果不想参观我不勉强,想参观的人跟我走。"嫦凰看也不看雪浅一眼。

众人知道嫦凰已经铁了心了,只好跟着嫦凰开始参观浮岛。其实,谁都没有心情参观,但又有什么办法呢?

第四章 浮 岛

地外诱惑

　　大浮岛上最引人注目的，当数这座气势不凡的银色塔式建筑了。最令人不可思议的是，这座塔式建筑尖顶上方近百米的空中，悬浮着一个大大的球形的东西，似一颗大明珠，闪着绿莹莹的光。没有什么东西顶着或牵着大明珠，而大明珠居然能够静静地悬浮于尖顶上方的空中。羿星正为此感到困惑的时候，忽听"啪"的一声，一股蓝雾伴着香蕉味漫了过来。他来不及做出任何反应就失去知觉了……

　　羿星醒来的时候，发现自己以及雪浅、木梨艳、水冰月和木落都倒在地上。倒在地上的，还有兔儿，只是，兔儿的太阳穴洞开，没有血，却露出一束生物神经元线……她是机器人，她死了！羿星大吃一惊，再一看，母亲和乌基以及他的两个保镖全不见了！

　　此时，雪浅、木梨艳、水冰月、木落几乎在同一时间都醒过来了。大家急忙站了起来，看到太阳穴洞开的兔儿，无不大吃一惊。

　　"一定是乌基搞的鬼！"木梨艳肯定地说，"他用的是麻醉果。"

　　"对，是麻醉果。"羿星记起了栖龙星上的蓝核桃麻醉果，说："奇怪，乌基哪来的栖龙星上的麻醉果？"

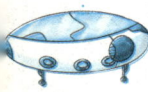

　　"是啊，他哪弄来的麻醉果？"木梨艳明媚的眸子也笼上了一片疑云。

　　雪浅看着躺在地上的兔儿说："太残忍了。"她转脸问羿星："你母亲呢？"

　　"不知道啊。"羿星两眼茫然。

木梨艳眨眨眼说:"一定是被乌基他们劫持了,大家快找!"

"我听到那上面有说话声。"木落指着空中的大明珠说。

大家抬头望去。羿星发现,大明珠的颜色似乎变了,原先闪着绿莹莹的光,而现在则闪着橙色的光。那是主控室,乌基他们一定把母亲劫持到上面了。但是,乌基他们怎么飞上去呢?

"你们在这等着,我上去看看。"羿星说着就向上飘飞起来……

主控室的一块窗玻璃被砸开了,羿星看见母亲果然被乌基他们三人劫持了。

"妈!"羿星大叫一声扑到窗前。

"孩子,千万别进来!"嫦凰向羿星喊道。她被乌基他们控制在一张座椅上。一个保镖用不知从哪弄来的微型手枪逼住嫦凰。嫦凰想站起来,可乌基不让。

羿星不顾一切地飞进窗内,扑向乌基。但高个保镖训练有素地将他控制住,并用枪口顶住了他的脑门。

"不许伤害他!"嫦凰怒吼一声,挣扎着企图站起来。乌基用一把白晃晃的匕首横在了她的脖子上:"识相点,你外套上的放电装置已经被我废掉了。"

"卑鄙!"嫦凰怒斥道,"我恨不得时光立即倒流回奇点,让你们这些丑陋的生物灰飞烟灭!"

"可惜,天不遂人愿啊,时光不会倒流了!"乌基不无嘲讽道。

第四章 浮岛

地外诱惑

"哼，时光倒流程序已启动，不可逆转。几十分钟后时光就开始倒流了。"嫦凰自信地说。

"是吗？但我想让它立即停止运作。"乌基用匕首指指羿星，"嫦凰，你不会逼我在你面前灭了你儿子的命吧。"

"你想干什么？"嫦凰愤怒而警觉地盯着乌基。

"时间很紧迫，我就不拐弯抹角了。直说吧，我想要你说出如何关掉正运行的程序，并把时光倒流技术告诉我。作为交换，我决不伤害你的儿子，同时，只要你愿意，我可以聘你为本公司的顶级研究员，怎么样？"

嫦凰厌恶地把脸扭向一边，不答话。

"你不要以为你不说出如何关掉程序，时光依旧会倒流，告诉你，我已经派人去查找电源总开关了，相信很快就会找到。到时，即使你什么都不讲，我只要关掉总电源，一切仪器都会立即停止运行。"

羿星发现，母亲的身子抖了一下。

"那好，我可以关掉正在运行的程序，但你们要做到两点：一是立即给我儿子服下解药，二是立即放他离开这里。"嫦凰愤然道。

"我可以放他离开这里，不过，不要你碰任何仪器，你只要告诉我如何操作就行了。至于解药嘛，在小浮岛我住的'蒙古包'桌面上的黄色随身包里，他可以自己去拿。但你必须先告诉我如何关掉程序，再告诉我时光倒流的秘密，然后我立即放了你儿子，怎么样？"

"好吧。"

"好。"乌基点着头,"我相信你这样既聪明又美貌的人是不会轻易选择死亡的。"

"还有一件事,"嫦凰说,"孩子长这么大,我从未给他送过一件礼物。今天,我要送给他一只银戒指。"说到这,嫦凰招呼羿星:"孩子,过来。"

高个保镖望着乌基,等待指示。乌基说:"人之常情,让她送吧。"他又对嫦凰说:"嫦凰,君子一言,驷马难追,你不可食言。"

嫦凰把一只银亮亮的戒指从自己左手的无名指上取下来,套在了羿星的左手无名指上。羿星看到,母亲的右手无名指上,还有一只银亮亮的戒指。这时,羿星觉得有一股热流辣辣地从左手向周身漫延开来……突然,他听见脑子里响起了母亲的声音——

第四章 浮 岛

孩子,套在你手上的不是普通的银戒指,而是意念交流环。听着,这些日子以来,我反复推演,终于弄懂了,任何东西都是有局限的,时光不可能倒流回几百亿年前的奇点。但我坚信,让时光倒流二十年是不成问题的,而那样也就足够了。如果时光倒流二十年,我就可以对当初的决定进行重新选择,那样,就不会有那么多遗憾了。刚才,时光倒流程序已启动,我本可以让时光倒流二十年的,可惜,乌基用卑鄙的手段暗算了我。即使我不说出中止程序的办法,他也会切断总电源中止程序的,并且,他会查找到时光倒流技术的秘密。遗憾,我的事业功败垂成。然而,这也让我更坚定了

地外诱惑

信念：世间虚伪丑恶的人太多了。就说这个乌基吧，你也知道，几十个小时前，他还信誓旦旦宣称依然深爱着我，现在却用匕首挑开自己的虚伪面目。我为自己最终未能灭掉那么多的虚伪丑恶而遗憾！我绝不能让实验设备和时光倒流技术落入虚伪卑鄙的人类手中。孩子，快快跟你的同伴坐上飘飞车飞回小浮岛，一起乘坐飞船逃离这里。十五分钟后，浮岛就要发生毁灭性大爆炸。快，快逃！

羿星发现，母亲的嘴巴并没有说话，她只是用眼睛深情地望着自己。

"不，我不要离开你！"羿星抱住母亲泪流满面。

嫦凰的口中突然"咔"的一响，仿佛咬碎了牙齿或咬碎了什么。

羿星的脑中又响起了母亲的声音——

我已启动浮岛毁灭系统，再不走，就来不及了。孩子，永远记住，我是爱你的！

"让他赶快离开，要不，我就不告诉你怎么中止程序了。"嫦凰对乌基说。

乌基示意了一下保镖，高个保镖立即就把羿星扔出了窗外，并用枪口逼羿星离开窗外。乌基洋洋自得的声音从主控室传来："哈哈，有了时光倒流技术，我就可以随意改变历史。这样，我就是地球，不，是整个宇宙的主宰了！"

"怎么样，找到你母亲了吗？"雪浅问羿星。

羿星点点头，泪水涟涟地说："快上飘飞车吧，再过几分钟，浮岛就爆炸了。"

"怎么回事啊？"木梨艳问。

"现在没时间解释了，快上车吧。"

众人见羿星说得如此紧迫，不再追问，便朝飘飞车奔去……

当车外只剩雪浅未上车的时候，矮个保镖突然蹿了过来："你们想逃？都给我下车，不许走！"他用微型手枪朝坐在驾驶座上的羿星比画着："老实点，不然你脑袋会多个窟窿！"

羿星没料到半路上会杀出个程咬金，一时呆住了。

雪浅趁矮个保镖不备，猛地用手朝他手中的微型手枪狠狠一扫。矮个保镖的手枪一下飞了出去，正落在浮岛的边上。雪浅急奔过去，想夺取手枪。矮个保镖没提防雪浅会来这一招，在怔了一下后立即朝雪浅扑了过去，跟她扭打在一起……羿星和木梨艳见状，立刻下车扑过去帮助雪浅。然而，晚了一步，矮个保镖和雪浅猛烈扭打着，竟一下从浮岛的栏杆上摔了出去……

"小羿，你们快走！"这是雪浅最后的声音！

"啊！"矮个保镖发出凄厉的哀号声……

很快，雪浅和矮个保镖就消失在银雾缥缈的万丈深渊……

"雪浅阿姨！"羿星和木梨艳朝着深渊顿足呼喊……

深渊迷蒙，不见雪浅芳踪。羿星泪水汹涌，但觉心如刀

第四章 浮 岛

地外诱惑

割……

"马上要爆炸了,快走!"木梨艳理智地提醒羿星。

羿星依依不舍地离开雪浅坠落的地方……飘飞车迅速向小浮岛飞去,并在"蒙古包"前落下。羿星说了句:"你们等一下。"然后自己跑进"蒙古包",一看,桌上根本就没有什么黄色随身包。他拉开唯一的一个抽屉——空空如也。他又环视一下屋内——除了一个透明的橱子,什么都没有。总之,这里根本没有什么解药!

上当了!羿星仿佛腊月天被人兜头浇了一盆冷水,直凉到脊椎里去了!

这卑鄙的乌基!他心里痛骂着,又跑到另一个蒙古包查找,依然什么也没有!时不待人,羿星想到伙伴的安危,只好快速跑回飘飞车,直抵"飞鱼号"……

羿星发现,飞船已经恢复了正常……

就在"飞鱼号"急速飞离浮岛后的十秒钟,浮岛开始了猛烈的大爆炸——"轰!轰……"巨大的火球燃烧出天宇另类的壮观……

羿星的心仿佛也被炸碎了!"妈妈!"他撕心裂肺地失声痛哭……

木梨艳、水冰月、木落全都泪流满面……

"再过十五分钟就七十二小时了,"羿星拭着眼里的泪水对同伴说,"不管遇到什么困难,你们一定要想办法让'飞鱼号'返回地球。请转告我父亲,让他多保重……"羿星哽咽着,说不下去了……

170

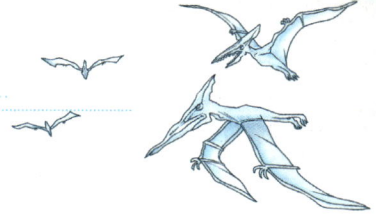

"船长,不要信乌基的话,你不会变成白痴的!"木落边说边抱住羿星大声哭起来……

"木落说的对,流星语,你不要想太多……"木梨艳本想宽慰宽慰羿星,喉头却像堵上了石块,只能无语相向,泪水滂沱……

"流星语,你不会有事的。"水冰月脸上挂着泪,把握紧的手缓缓伸到羿星跟前,然后又慢慢打开……

大家看到,水冰月的手掌心躺着一颗绿色的药丸。

"这是什么?"羿星疑惑地看着水冰月。

"解药!"

"哪来的?"

"你先吃下去,我再慢慢告诉你。"水冰月神情木讷,像是突然变了一个人。

羿星从水冰月手掌心拿起绿色药丸,看了看大家,把药丸放入了口中……

"我现在可以告诉你们我的真实身份了。"水冰月凄然一笑。

"我是机器人,一个有血有肉有生物神经元的机器人!我的缔造者是球长,也就是现在已经化为灰烬的乌基。我的任务是执行'透水行动'。

"我的缔造者偶然获悉羿日院士正秘密研制一种可以自由出入四维空间的装置,并且研制工作已经接近尾声。他命令我不惜以任何手段与羿日院士的儿子交朋友,进行渗透,猎取情报。那天,我在青春广场钻进你们的飘飞车,正是透

第四章 浮 岛

水行动的第一步。其实,当时我根本不知道流星语已经拿走羿日院士的空间变换器样品准备出走太空。我获得这个信息后,立即将情报反馈给球长。球长命令我将我们的行踪随时向他报告。

"我说过,我是个有血有肉有生物神经元的机器人,我甚至还有自己的意志。说真的,跟你们在一起的这些日子,我的内心常常被你们所感动。我感动于你们对我这个来历不明女孩的真诚接纳和信赖,我感动于你们对栖龙星上翼龙的那种跨越生物种类的友爱,我感动于你们不畏权势捍卫和平、捍卫信念的执着,我还感动于你们乐观开朗的性格、至纯至真的友情和不向困难低头的精神……太多太多的感动发酵了我心内巨大的矛盾。我羞愧于你们对我的真诚,羞愧于自己对你们的虚伪。嫦凰对于虚情假意的尖刻批判甚至令我无地自容。然而,我不能选择背叛,我们机器人有机器人的生存道德——遵从缔造者的指令!

"是我把'飞鱼号'的位置通报给球长,是我给了球长蓝核桃麻醉果使他偷袭成功,又是我的飘飞果让球长和保镖劫持着嫦凰飞上主控室……

"现在,球长已经化为灰烬。缔造者的消失,是他所缔造的机器人获得自由的开始。所以,我才能把解药给流星语,所以我才能把自己的真实身份告诉你们。然而,我已经无颜面对你们了。我深知,对于你们,我是个不可饶恕的人。

"我也不能饶恕自己。愿茫茫太空是我归宿,愿你们遥望星空时不再记恨我这个虚伪的机器人。我好喜欢你们,我

好喜欢太空……"

说到这，水冰月一下撕开左臂的衣袖，露出雪白的手臂，又一下打开了雪白手臂上的一个圆形口子，将食指探入圆形口子……她对大家说："我已经启动了自毁装置，一分钟后，我的生命就将终结，再见了！"

"水冰月姐姐，不要啊！"木落如梦初醒地抱住了水冰月，哭着不住地摇晃她的身子……

"我们原谅你！"羿星和木梨艳也都高声喊着，制止水冰月的自毁行为。

"谢谢你们！"水冰月的泪水夺眶而出……随后，永远合上了美丽的大眼睛……

遵从水冰月的遗愿，羿星、木梨艳、木落小心翼翼地把她的遗体送入了茫茫太空……

望着飘入太空的水冰月，三个少年噙着泪，轻轻哼唱起一首哀伤的歌——

  天空没有翅膀的痕迹
  但鸟儿已经飞过
  星空听不见你的细语
  但我们感觉到你的存在
  ……

"船长，姐，我们现在回地球吗？"木落问，不知他是

第四章 浮 岛

不是想念地球故乡了。

"你说呢？"羿星望着木梨艳，神情有些恍惚。母亲、雪浅、水冰月在短时间内相继悲壮地离去，给他的精神造成很大的打击……

木梨艳见问，心念如涡状星云，急速旋转：回地球，当然要回地球，流星语的父亲及自己的父母找不到孩子一定急得要疯了！但现在就回地球吗？栖龙星上的翼龙舍身相救，说过要好好掩埋它们的遗体，可至今没有如愿；紫龙星上的王子闪帮助过自己，伙伴们曾说过要帮助成全王子闪与如花公主的恋情，由于空间变换器的出错造成的误解会不会使紫龙两国爆发新的战争？王子闪与如花公主遇到麻烦没有，需要帮助吗？自己能这么一走了之吗？

木梨艳心中有太多的牵挂，让她一时不知道该怎么回答流星语……